出杨庄记

一个西北警察的平凡世界

杨建云◎著

中国财富出版社

图书在版编目（CIP）数据

出杨庄记：一个西北警察的平凡世界 / 杨建云著. —北京：中国财富出版社，2017.1

ISBN 978-7-5047-6308-2

Ⅰ.①出…　Ⅱ.①杨…　Ⅲ.①散文集-中国-当代　Ⅳ.①I267

中国版本图书馆 CIP 数据核字（2016）第 277556 号

策划编辑　张彩霞　**责任编辑**　张　静
责任印制　方朋远　**责任校对**　梁　凡　张营营　**责任发行**　张红燕

出版发行　中国财富出版社
社　　址　北京市丰台区南四环西路 188 号 5 区 20 楼　**邮政编码**　100070
电　　话　010-52227568（发行部）　010-52227588 转 307（总编室）
010-68589540（读者服务部）010-52227588 转 305（质检部）
网　　址　http://www.cfpress.com.cn
经　　销　新华书店
印　　刷　北京京都六环印刷厂
书　　号　ISBN 978-7-5047-6308-2/I·0233
开　　本　880mm×1230mm　1/32　**版　　次**　2017 年 1 月第 1 版
印　　张　6.5　**印　　次**　2017 年 1 月第 1 次印刷
字　　数　140 千字　**定　　价**　32.00元

序

跳起来和文学握握手

天地父母，生我育我，年少时只管“长”，从身体到精神。年届不惑，除了白头发和肥肚腩之外无可再长者，任务便成了“活”：以什么样的活法，活出个什么状态，成了“生活”二字的重心。

2016 年，事务繁杂，但仍然挤时间推出这本小册子，有些许自我总结的仪式感在其中。回首向来萧瑟处，哎呀，我就这样走出了杨庄，就这样成了自己！

很庆幸能够贴着泥土生长，风吹过，雨打过，还有霜冻，更多阳光照耀过。布衣暖，菜根香，平凡生长，有情相伴滋味长。

很多时候都在和自己作战，愚公移山般销蚀自闭自卑，精卫填海般建构自立自强，非礼勿视，危邦不入，狠斗私字一闪念，相逢一笑泯恩仇。

文章千古事，得失我心知。只是平淡地叙述真实生活和庸常人生，它的价值，如果有的话，或许就在于追求真诚真实、向上向善。不是忆苦，而是思甜；不是博人同情，而是形同炫耀：昨天那些吃过的“苦”，今天看起来，全是回味无穷的甜，全是值得自我满足、幸亏当初的幸福感。但是还不成熟，有些地方看得出做作，有些掺杂了情绪。不改了，掩饰就是虚伪。

热爱警察这个职业。虽然社会上有不友好的声音，不理解的人，但是可以肯定地说，身边的绝大多数同行之所以选择当警察，主要源自其与生俱来的惩恶扬善的正义感，这样的信念支撑他们忍辱负重、不惧牺牲。这本书的警察元素，包括对于警务工作的一些思考，还远远不够，以后会努力写更多。

经常去旧书摊淘书，看到许多旧书，甚至是崭新的，甚至是名人名作，甚至是作者签名本，被弃之如蔽屣。更不用说那许许多多的不那么出名的作家，不那么著名的作品，更不用说我这样笨拙跳起来和文学握手的菜鸟。在这个信息爆炸的文化快餐时代，承蒙您还愿意把目光投向这不知出自何许人的自娱自乐、胡言乱语，于我个人而言，已是恩惠。

更要感谢的是，这本书的出版得益于很多师长朋友的帮助。这些帮助包括不停息的鼓励、言过其实的表扬、千方百计的谋划，以及真诚善意的意见建议，等等。不一一具名，都在我心中：生命中有你们，何其有幸，拜谢！

目 录

平凡生长

偶尔风骚

爱说实话

平凡生长

怀念祖父

柳絮漫起如飞雪，又是一年清明至。

二十六年前的正月十五，雪下得纷纷扬扬。早饭照例是萝卜大肉馅饺子，照例头一碗饭盛出来由我端给祖父，但是他没有像往常一样伸手接过粗瓷老碗。他侧躺着，面容平静，花白的胡子微微抖动，脸上依稀还带着一丝笑容，我拉着他尚有余温的手用越来越大的声音呼唤，却再也没有听到应声。

作为一个还没有面对过死亡的十四岁少年，那一刻，我的头脑中一片空白，甚至没有立刻哭出声来，但是此后无论何时回忆起那一幕，便有一种痛倏忽而生，弥漫全身，刻骨铭心。因为我知道，从那一刻开始，我永远地失去了那个给我最大包容、最多疼爱的人，永远地失去了给他哪怕最少的一点报答从而使自己的心灵稍可宽慰的机会，而我虽贫寒却无忧的童年也正是在那一刻戛然而止。

我无法不回忆，虽然由于久远，记忆已经随着时间的流逝而变得模糊，虽然回忆时那种悔恨的痛会一刻不停地噬咬。

躺在生产队饲养室烧得滚烫的炕上，蹬着腿，满耳朵都是牲口咀嚼草料的声音，间或还有骡子打一两个响鼻，饲养室的房梁上，一群又一群的麻雀不知疲倦地追逐嬉戏。这是这个世界留在我脑海中最早的影像。父母下地干活去了，我被放到当饲养员的祖父这里。戴着瓜皮小帽、浑身散发着浓郁汗烟味的祖父飞快地给牲口添完料，两手在大水缸里摆一下就赶紧把我抱在怀里，畅快的笑挂在他的两撇胡子上。据说幼时的我非常好动，但一听到祖父念出关中平原口耳相传千百年的那些童谣，或者念那些朗朗上口的《三字经》《百家姓》《千字文》，我就会很快平静，并且煞有介事地跟读。这些歌谣后来成为童年的我一个屡演不辍的节目——表演给附近歇工的村人，他们大多不懂其中的意思但却慷慨地交出啧啧的赞扬，也满足了祖父，使他的心情舒畅。

是的，祖父是个背过《三字经》《百家姓》的有“文化”的农民。1917 年祖父生于勤俭农家，虽然只读过不到两年私塾，但却始终信仰着“万般皆下品，唯有读书高”。书是祖父心目中最神圣的东西。20 世纪 80 年代初我上小学时，农村分田到户，牲口也都折价卖给村里人，饲养室自然解散了，赋闲的祖父四处去借来评书阅读。我放学回家饥肠辘辘地奔向灶房时，坐在门口那把老杨木圈椅上捧着评书看得如醉如痴的祖父几乎是从不改变的背景。祖父有着终生坚定的文字崇拜，有一天他指着某本评书上的作者简介感慨地说：“这人咋这么有本事呢，能写书，莫非真是天上的文曲星下凡了?”村里有个小孩的作文在县里得了奖，被印在一个油印的小册子里，祖父听说了赶紧去借，拿回来看了又看，啧啧赞叹着："不得了！不得了！小小年纪就写书了。"我斜着眼睛看了看那本比小学生作业本厚不了多少的所谓的"书"，有点不以为然，又有点嫉妒。有一次，他遇到了一个生字，在《新华字典》中也查不出来，竟专门找到我们小学五年级的语文老师去请教。正是放学的时候，学校门口人很多，那个可怜的老师是初中还没上完就到小学来代课的，他也不认识这个字，窘得满脸通红，停顿了半晌，愤然转头进了学校。刚放学的我看到此景几乎笑出声来，一向温和的祖父却有些惶惶然，几乎是手足无措了。

春暖花开的时候，农村的集市开始了，祖父开始到集上说书。找个空地先唱一段秦腔乱弹，打一套小红拳，等听书的人围满一圈，《岳飞传》或者《薛刚反唐》的故事便开场了。祖父去赶集那天就是我的好日子，下午放学的我肯定是在村口，等那个背着夕阳霞光的熟悉身影刚一出现便飞快地跑过去，踮起脚尖到他口袋摸索寻找，会有一截甘蔗，或者一个油饼，哪怕是几颗花生，但我从来没有失望过。即使是后来祖父因为严重的哮喘没办法说书、没办法再给我买零食的时候，我也会得到一些玉米叶或者草编的哨子之类的玩具，这是祖父在回家路上自己做的，他无论如何都不能让在村口等待的孙子失望。有一年春节，大我一岁的表姐告诉我一件事，她九岁那年，祖父赶集时路过她家，曾经住了一晚上。她清楚地看见祖父怀里揣着一根麻花，可是临到祖父离开都没有拿出来给她，她说知道那是要给我的，自己好多年心里都接受不了。说完，表姐笑了："你说咱爷为啥对你这样偏心？"我的眼泪当场喷薄而出。

上完初中以后，我也迷上了看书，但农村的书仍然很少。我能看到的，除了祖父看的评书，便是曾经当过红卫兵小将的姑姑留下的一堆"文化大革命"时期的小说。批林批孔，狠斗私字一闪念，我看得津津有味，热血沸腾，居然活学活用，年少轻狂地批判起祖父所笃信的孔孟，祖父再给我念叨孔子如何如何时，我便有了不屑的神情，拿出一本批林批孔的书来与他辩论。我甚至模仿小说中人物的行为，偷偷地将他珍藏的几本线装书一烧了事。祖父气得浑身发抖，老泪纵横，说不出话来。父亲冲过来打我时，却被祖父死死拦住。

除了看书，祖父唯一称得上爱好的可能是抽几口旱烟，用的是一个裂开了烟嘴的烟袋，经常见他用胶带缠了又缠。下雨天常有同村老人来我家和祖父闲谈，听他讲三皇五帝夏商周的故事。有一次，我无意中听到来家的老人说，同村的某人新买了一个玉石的烟锅嘴，花了十五元钱，祖父惊奇地"哦"了一声，语气里有掩盖不住的一丝惊羡。想起祖父看到书被烧掉的伤心，我的心里一阵难过：将来我要是能给祖父买个玉石的烟锅嘴该多好啊！那时候农村中学生最好的出路就是考上中专，早早跳出农门。据说上中专每月还有二十几元钱的助学金。我决心认真学习，考上中专，早日用自己可以支配的钱买一个玉石的烟锅嘴给祖父。

祖父去世那一年，哮喘的毛病越来越严重了，有时候喘得整晚上睡不了觉。元宵节的前一天，提前开学补课的学校放了假，那天阴得很重，屋里冷得像冰窖。我抱了一大捆玉米秸秆给祖父烧了炕。晚上，在西北风呼啸声里，在滚烫的氤氲着尘土和呛人烟味的炕上，祖父很高兴地和我说了很多话。这个一生都在和土地打交道却始终恪守孔孟之道的“知识农民”，一锅又一锅地抽着旱烟，告诉我他小时候和年轻时候的很多事情，告诉我关于我们这个家族的很多事情，告诉我他一生的满足和荣耀。记得其中一个细节是：新中国成立不久，一个公家人在村口发给他一根纸烟，向他询问“土改”的情况，当时他一生辛劳攒下的几十亩地刚被分了，但他依然坚定地认为“共产党好”，后来他被通知到县里开会，才知道那个人是副县长。后来我沉沉地睡去，不记得他当时是不是喘气就有些困难，也不记得自己是否说过要考上学改换门庭之类的豪言壮语，只记得祖父很高兴，在烟锅的红色一明一灭中翻来覆去很长时间。

今天，我已年近中年，但我仍常常想起那个夜晚。我有时惶恐地感觉到，也许他的猝然逝去与我烧得过热的炕有关系，与我睡得过沉过死有关系。我每每忍不住自己的泪水。我仍能不断地在梦中见到祖父，特别是在那些极度郁闷又无助的日子，我常会钻进梦里，蜷进他温暖的、有着浓郁旱烟味的棉袍里，心情放松，快乐祥和，笑声荡漾……然而更多的时候，想起祖父，我总有无尽的遗憾：祖父啊，我也是个“公家人”了，也有一些印刷的文字，缀着我的名字，可是我无法换来您的些许安慰和自豪；我生活的城市里，有很多的书店，我已经有能力买一大堆您爱看的书，可是却无法送到您的面前，减轻我稍许的内疚和自责；我每天都从西安最好的秦腔剧团门口经过，可是却无法搀着您的胳膊去看一场精彩的秦腔演出；我到商场里的玉石专柜，总要看看有没有玉石的烟锅嘴，可是即使买回来我也永远失去了送出去的方向。甚至我也不能使您知道我几乎已经是个胖子了，不用再担心我吃不饱……

我能做的，只能是每次回老家路过您的坟地时，擦一擦碑上的灰尘，锄一下坟头上的荒草，默默地站一会儿，在心中用最纯正的方言、最深情地说一句："爷，娃回来了。"

我能做的，只能是对着自己内心默默地祈祷："爷，您永远活在我心里最深的地方，最温暖的部分，我永远怀念您！"

梦开始的地方

陇海铁路从西安往西，过咸阳兴平，皆是一望无际的田野。大小村庄星罗棋布，其中有个小村叫杨庄，那是我的家乡。村东和村西伸出两条如带子般的小路，把杨庄紧紧联系在陇海线上，使杨庄人都对蒸汽机车震耳欲聋的怒吼安之若素。但是，就是这段通向未知远方的路，这些来自外面世界的垃圾，启蒙了一个少年的梦，充实了一个少年的幻想，延伸了一个少年因梦而生的追求。

那时我是一个沉默寡言的孩子，没有玩具，没有电视，也没有卡通，每天除了人口手、加减乘除就是给猪打草。所以每天的运行轨迹，一是从家到村东的学校，二是从家到野草丛生的铁路旁，连同我的伙伴们。我们提着草篮在铁路两边纵横驰骋、嬉笑打闹，有时甚至还光着脚。等到蒸汽机车吐着白烟自远而近发出一声怒吼，我们才会站在铁路两边的土坎上，注视着黑色的巨龙从眼前爬过，有人大声念出写在车身上的地名，那些从来只是书上见过但从没有到过的地方，那些遥远的、美妙的、不可想象的、不可捉摸的地方。车窗从我们眼前一一闪过，车内是另一个世界的人们：他们穿着四个兜的齐整衣服或者颜色鲜艳的裙子，他们拿着报纸阅读或者倚窗远眺，他们把香烟屁股、空的烟盒和包着垃圾的报纸一股脑地从车窗扔出来。那时的我们还没有学会批评这种行为，只是傻傻呆呆地看着光鲜的他们随着火车的怒吼逐渐远去，思考着他们来自何处去往何方，直到下一列火车再次到来。

不知是谁发起的，我们开始收集烟盒，我们把从火车上扔下的烟盒去掉里面的锡纸擦去泥巴，回家用砖头压住或者和母亲的鞋样一起夹在红宝书里面，过一段时间取出来平展展齐扎扎的，漂亮极了。那时候香烟的品种真是不少！那些田野上永远也不会有的花草，那些牛圈猪圈里永远见不到的动物，那些我们永远也到不了的地方，都清清楚楚地印在上面，还带着不同烟的香味，让我们爱不释手，如醉如痴。如果有一天割草时捡到一个崭新而自己还没有的烟盒，晚上一定会高兴得睡不着觉，把那个烟盒在煤油灯下翻来覆去地看，然后又小心地收好，以免折坏哪个角。为了得到更多种类的烟盒，我会沿铁路走很远很远，有一次走到天都黑了，才想起回家，于是在一片漆黑中转身往回走，路边苞谷地里虫子的叫声此起彼伏，不时有兔子或老鼠从脚下蹿出，我的心紧紧缩成一团，大气也不敢出一下，手却紧紧地捂住上衣口袋中捡来的一点烟盒。好不容易走到村口，听到母亲在村里一遍遍焦急地喊我的名字，知道回家无论如何是免不了这顿打了。一顿笤帚疙瘩之后钻进被窝里，赶紧偷偷去抽出那些烟盒一张张欣赏，那些陌生而又美丽的文字和图案使我忘了身上的疼痛，竟偷偷地笑了起来。朦胧中听见父亲叹口气说："这娃莫不是傻了?"

过了一段时间，捡烟盒不再是孩子们最热衷的游戏了，有的人的烟盒已经被家人拿去当了贴墙纸，我却对烟盒依然痴迷。那时我已经有了一大纸箱烟盒，为了它们我不知顺铁路走了多少次。我把它们分成三捆儿——一捆儿是地名，一捆儿是动物和植物，一捆儿是风景，我还用毛笔在上面歪歪扭扭地写上四个字——不许乱动。

有一天我放学回家，突然看到墙上花花绿绿的，炕沿上还放着用剩下的糨糊，我一下子呆住了：母亲也用我的烟盒糊墙了！我从来没有像那天那样爆发过，躺在地上大喊大叫，哭得哽咽到几乎窒息。那天晚上我做了个梦，我从村东那个路口上了火车，火车把我载到了一个被写在车身上印在烟盒上的大城市。那里有那么多的人，都是坐过火车的人，车来车往，高楼耸立，比烟盒上面印的还漂亮，烟盒上那些花儿都长在路旁，我终于去了动物园，看到了真正的老虎、大象和狮子，还买了许许多多的玩具。

若干年后我终于坐上了火车，火车驶过广袤的田野，载我到一个曾经被印在烟盒上的地方去上大学，少年时那条路带给我的梦想不再是梦想。大学毕业后我也踏上了另外的一条路：先是在交通部门工作，每天的任务就是维护公路秩序；后来又通过公务员考试当了交警，工作还是在公路上。

再后来，因为工作需要，经常奔波在不同的城市之间，高铁、高速公路、普通公路，有时看见车窗外的各色少年：染着红色的头发骑着漂亮的山地车飞驰而过的，光着屁股从高处跳下河塘游泳玩耍的，还有在山坡放羊或者提着篮子打草的。我常会想起当年在铁路边上玩耍的自己，莞尔一笑，却被从车窗玻璃映出的几丝鬓边白发和日益厚重的眼袋猛刺一下：他们的未来之路尚有无数可能，我的人生却已基本定型，于是目光不由得被他们充满活力的身影吸引，而生出了深深的、绵长的羡慕。

出杨庄记：我的高考故事

1994年7月下旬的一天早上，关中平原上一个最不起眼的村子里。我从跳蚤肆虐的土炕上翻身起来，挠着身上大大小小的蚊子包，一声不吭地到水缸里舀了半勺水，匆匆地洗了一把脸。洗脸时，我还特意抹了一点肥皂。洗完脸，又对着巴掌大的小圆镜子仔细地把头发梳了半天。头发好几个月没理了，很长，抹了半天水才勉强贴在两边脑门上。今天是决定我命运的日子，我能不能就此离开杨庄，离开农村，远离农活，不再当一个农民，答案就在今天揭晓。这个非比寻常的日子里，我想让黝黑瘦小的自己看上去干净一点、精神一点。

天真热，大清早起来就闷得让人喘不过气来。从昨天晚上起我就紧张得要命，不停地起来擦汗，不停地拍打蚊子，到后半夜才勉强睡着，结果早上起来发现父母已经下地干活去了。匆匆吃完一个夹着油泼辣子的冷馍，又从水缸里舀了半勺凉水喝了几口——连水缸里的凉水都是温吞得让人生厌。哼！今天，我要是过了录取线，一定买个冰棍！不，买个雪糕，好好犒劳一下自己。我的口袋里，还有三元钱。

骑上那辆28自行车，拐出我们那条巷子不到两百米，路边就是村小学。正是暑假，学校的红色木门紧闭着。三年级时，我们班的一位漂亮女生写了一篇作文，题目就叫《我的理想是当一名大学生》，大意是说自己的理想是将来考上大学，当一名“天之骄子”，为四化建设做更大贡献，结果被语文老师当作范文在班里宣读，并且大加赞扬。那个女生长得挺好看、穿得挺整齐，身上有着淡淡的香味，永远坐在第一排，是班上仅有的几个不流鼻涕的女生之一。我记得自己当时看着那个女生的背影陷入深深的思考：上大学、当大学生，多么遥远而虚无缥缈的梦想！我也想，可是绝不敢说出来，否则一定被人奚落为异想天开、白日做梦。这个女生，居然可以大胆地写成作文，真是了不起，怪不得老师那么喜欢她。也许我的出神被年轻的老师误会，他狠狠地瞪了我一眼又一眼。吓得我赶紧低下头，桌子底下，两个脚的大脚趾头分别从鞋前面的破洞里探出头来，紧张得抖个不停。此时此刻，那一幕已经过去了十几年，但是“大学生”三个字距离自己依然那么遥不可及——要知道，那可是一个“农民”到“工人”，甚至“干部”的距离啊！

出了村，是一望无际的青纱帐。玉米已经抽穗，宽大的叶子随着一点轻风发出沙沙的响声，那声音在我听来是恐怖的。我看到了自己胳膊上密密麻麻的无数道划痕，那都是玉米叶子划的。从考试结束到昨天为止，在一年中最热的日子里，我已经连续在玉米地里趴了十几天：摆蒜。在农村长到十八岁，我学会了干这里的几乎所有农活，从拔草锄地到割麦扬场等，但最让我痛苦的首推摆蒜。首先要在两排玉米的中间勾出一条小渠，其次要在渠里撒上剥好的蒜瓣，最后要在蒜瓣上撒上肥料。这三道工序都需要在玉米地里来回走动，全身裸露的皮肤一遍遍地被长满倒刺的锋利的玉米叶子划过。等胳膊和腿上伤痕累累的时候，人就该趴着一颗一颗地把蒜瓣摆成距离相等的两排，然后用手拨土盖上，一厘米一厘米地向前移动。连续几个小时，没有一丝风，身上的汗水早已把土和肥料均匀地在身上汇成泥浆，头上脸上的汗水流进眼里也没办法擦，因为全身没有一处干净的地方，要擦只会把泥土揉进眼里。腰疼得像要断掉了，也不能期望伸个懒腰来缓解，因为你还必须再次弯下腰去，而当你再次弯腰趴下时，那种疼痛会更加清晰。此时此刻，每一分钟都那么漫长，但我每天需要这样趴八九个小时，好多次我都希望自己晕倒，这样就可以暂时不受这样痛苦的折磨了。一旁同样浑身泥土的父母告诉我，这些蒜和明年长出来的蒜薹，就是给我上大学准备的学费。我从满脸的泥浆中挤出一个笑容，但那是一个苦笑：我们对那个目标盼望之急之切无法用语言形容，但我们也都只是说说，因为，实在是太遥远了。

顺着玉米地骑行约一千米就到了镇上，向西拐个弯，再走几百米，就是我当年上学的初中。初中阶段，我最深切的感受是馒头中的玉米面含量越来越少。我的学习成绩依然很差，全班只有十几个学生，一年下来大部分老师还不知道我的名字。如一株卑微的小草，我对学习好的同学羡慕加上崇敬，无限

“心向往之”。初二时，我们邻班一个同学在县教育局编的内部刊物上发表了一篇作文，引起了极大轰动。我班同学绘声绘色地给我讲述他怎样语数英皆好同时又品学兼优乐于助人，搞得我对其人的崇拜之情如滔滔江水，终于鼓起勇气对他说：“咱们交个朋友吧！”他一转头，差点尿到我身上，因为我选择的地点不好，是在男生厕所便池前对他说的，在众人面前我怕羞。但是，他系上裤子，冷漠地看了我一眼，什么话都没说，保持着一个优等生对劣等生的标准神态走出厕所，剩下我手提裤子站了半天才缓过神来，系上裤子，摸摸脸，还是滚烫滚烫的。初中毕业，全校学习最优秀的两个同学——都是其他班的，考上了师范学校，跳出了农门，成了这个农村中学新的传奇，成为若干个村庄无数的父母和学生们羡慕的对象。我们班四十多个同学，只有十几个考上高中。没有考上高中的同学中，除了留下复读准备明年继续考高中的几个，一半以上结束学业回到农村。幸运的是，我挤进了考上高中的十七个人之中，才使自己的学业得以继续。

实际上我没有朝右拐，而是朝东拐了，因为向东 10 千米是县城，我们高中在县城里。我飞快地踩着脚踏，自行车的车头、链条、挡泥板、铃铛等部位发出不同的响声，构成一部复杂的交响曲。这辆鞍山牌 28 加重自行车我从初一开始骑，母亲缝制的书包先是挂在前面，可是屡屡被前轮胎磨出破洞，于是夹在后座上，可是时时得注意书本和文具盒会掉下来。到了高中，行李多了：后座上带着一袋子面，要交到灶上换成粮票；车头上挂着两个袋子，左边是书包，右边是馍袋子。书包换成了黄挎包，但不是军用那种，仿制的，质量很差，带子经常断，被我打了好几个结。原来家织布缝制的那个有好几个破洞的书包屈尊当了馍袋子，装着母亲烙的锅盔，还塞着一个装满咸菜的罐头瓶子，满满当当。但是，这辆自行车并非我的学习专车，它还是我载着父母亲走亲戚的“客运车”，是我带着弟妹四处游玩的“旅行车”，是卖蒜和蒜薹的“商用车”，是采购化肥农药的“运输车”，可谓劳苦功高，于是伤痕累累。高中时期，我已经是个小伙子、顶梁柱了。

迎着毒辣辣的太阳，我的汗很快就淌出来。我记得，还留着半勺水的铝勺就放在水缸盖上，我离开时还在晃动，那水虽然不凉，还是很清的呀，后味似乎还有点甜，为什么我没有把那一勺凉水都喝完呢……我的喉头狠狠地咽了一下，但是没有唾液分泌，也就没咽得下去。看完成绩，无论如何我要吃个冰棍——秦岭冰棍，虽然要一毛五分钱，比别的冰棍贵一点，但是质量好，口味佳，是用白糖做的，不像那种一毛钱的小牌子，硬得都咬不开，口味也是贼甜。好，就这么定了，考不上，吃个秦岭冰棍，回家种地，以后可能也舍不得吃了。考上了，吃个秦岭雪糕，那可真是奶粉做的，吮就行了，香甜，又香又甜！大学生了嘛，吃个奶糕，应该！

我的高中生涯是从彻彻底底的痛苦中开始的。初三毕业那年，陡生变故，祖父离世，噩耗连连。在此之前，虽然穷苦，但我和其他孩子一样是快乐的，自此之后，我再也没有真正快乐起来过。那一切夺走了我快乐的权利，恐惧和哀伤死沉沉地笼罩在我 14 岁的头顶，一直到好多年后才慢慢散去。我没有哭过，因为没有用，也没有人管。既然绝不会有关心和安慰，为什么还要哭出来呢？失眠，连滚带爬地考上高中，然后继续失眠。9 月，学校里的大通铺跳蚤很多。不久，有人踩断了我睡的那块床板，我不敢去找老师换领，据说要赔 40 元的床板钱，我没有那么多钱，于是把断床板放到地上，找两块断砖垫平。地上土很厚，跳蚤更多，只睡了我一个人，于是它们都来找我。夜深人静的时候，它们跳跃的声音此起彼伏，清脆悦耳，在我全身上下吃个不亦乐乎。我两只手不停地挠，尚不能保证每个身上的疙瘩都能挠到，因为实在太多，层层叠叠。我痛苦地想，自己那么省，灶上两毛钱一碗的面都不舍得吃第二碗，而是直接泡块锅盔在里面，连吃带喝，瘦到皮包骨，血肯定少得可怜，到了晚上还要以身伺"虎"，喂养这间土房子里千千万万的跳蚤。心理的痛苦和身体的折磨交织着，伴随我直到黎明。直到我累到完全失去反抗的时候，我或许可以睡两三个小时，然后起床，跑操，吃早饭，上课。高中同学都说，那时候对我最深的印象就是每天早上都在打瞌睡，摇头晃脑的。这我知道，我很瞌睡，但不允许自己上课时睡觉，强迫自己认真听讲，每天都是自己和自己斗争：物质的自己必须要睡，精神的自己必须要醒，外在表现就是每天摇头晃脑打瞌睡。

这样的情况下，我的学习成绩可想而知。期中考试，七门主课我有四门课不及格。全校大会上，运动员进行曲高奏，成绩优秀的同学上台领奖，校长讲话，痛心疾首：有的学生，七门课居然一多半不及格！例如一班的某某，二班的某某。说到五班时他摔了本子。我在八班，成绩最差的班级，成绩最差的那个人。校长的愤怒救了我，使我逃脱了全校扬名、成为“标志性差生”的“机会”。

县城到了。我需要顺着环城路向西拐，我要去看榜的地方叫“西郊中学”，这里是我上高四的地方。我高中三年上的那所学校叫“南郊中学”。从高二下半学期开始，我的成绩稍有提高，也许是因为我终于重新领取了一张床板从而逃脱了跳蚤的滋扰，也许是因为我的一篇作文被老师当作范文从而使我获得自信，也许是我每天晚自习后还坚持在路灯下苦读一小时有了效果，总之，我在自己班里不再被看作最差的，还收获了一些友谊。但是，第一次高考，我依然名落孙山。对此结果我坦然接受，因为当年我们那个高中应届文科学生考上大学的概率基本为零。在我们的脑海里，考大学是和复读联系在一起的一个概念，据老师说曾有个姓朱的连续考了八年，最终考上了本科，于是连续多年复读现象被本地教育系统称为“朱八戒”。老师说得痛心疾首，我们却没有人认为那是一个问题，反而都不由自主发出了惊叹：人家考上了呀，大学本科呢！对于我们而言，只追求考上，只要考上就行。

那时候，学校里常常会遇到一些奇奇怪怪的人：把灰白的长发打成结披在肩上，两边肩头各挂一个搪瓷碗，用一根球鞋带子穿着，他是考了四年的王某某；剃个光头戴一副有无数个圈的近视眼镜，她是考了五年的李某某，考了两年不行回家被逼出嫁，结婚一年又跑到学校里来……我还曾遇到一个乡村版郭富城，衣着整洁，头发干净，理着当时最流行的偏分头，关键是还惊世骇俗地穿了一双老师中都很少见的锃亮皮鞋，突然走到我面前，说出很长一串英语，我还没反应过来，他又转身对着我同学吐出很长一串英语。我目瞪口呆，他却突然再次回头对我说："你的英语不行，今年考不上。"然后翩翩而去。有人告诉我，那是一个考了六年的牛人，目标是西安外语学院，英语学得相当好，可惜屡试不中。下次见他，切不可用英语和他对话，谁跟他说英语，他可能会打谁。

我已经骑到了环城路上。天太热了！嗓子快冒出烟了，我要不要现在就买个冰棍呢？反正考上考不上，冰棍都是可以吃的。正寻觅小卖部时，路对面好像有个骑自行车的人在朝我招手，哦，那是和我一起从南郊中学转到西郊中学的一个理科生。他肯定已经看过榜了，我忙大声问："咋样？"他一只手扶着自行车把，一只手挥舞着，高声地喊："考上了！"然后飞快地从我身边骑过去。我本来想说声祝贺，可是表情迅速凝固在脸上：人家都考上了，我这个农民还在这里想着吃冰棍，可耻！快走！

拐个弯，我已经看到西郊中学的校门了。路很窄，一辆辆自行车从我身边骑过，他们的表情或喜悦或哀伤，互相还在说着什么话，其实我都没有看到、没有听到。我的脑海里只有一张纸——就是称为"红榜"的东西，那纸上有名字，有数字，我想知道，我的名字后面的数字是多少，有没有达到昨天收音机里说的最低录取分数线。

我高四的班主任老师蹲在学校门口。虽然我在他班里念了一年，但跟他不熟。事实上我跟那个班里的大部分同学都不熟，因为那一年我只干了一件事——拼命。我知道以自己的家境，不可能支撑持久战，我还有弟弟妹妹，能让我上高中已经快把父母的血汗耗尽了。我马上就要18岁了，成年了，走出家庭，面对社会，我什么都没有。命运，这可恨可恶可鄙的命运！我有的，只有这条命，我就是要和你“拼命”！

我一头扎进教室里。当时这所学校的整体水平远在南郊之下，文科尤其差些，据说复读考上的概率也微乎其微。我转到这所学校的主要原因是在这里补习一年只要六十元钱，包括资料费、试卷费、住宿费等所有费用。教室里课桌很多，学生却只有十几个，谁想坐哪里就坐哪里。我坐在第一排，一个人。开学第一天早上起来，我匆匆去找水龙头刷牙洗脸，然后急急到教室里读书，牙刷、牙膏和毛巾忘了拿，于是那一年里我再也没有用过这些清洁用具，每天都是用手掬些水往脸上胡乱抹一下，嘴伸到龙头下含几口水漱漱口，用手背或者袖子擦擦脸，就到教室背书。老师说了，只有把所有书都背得滚瓜烂熟，才有可能考上大学。念，一遍一遍地念，累了困了就站起来念。然后去吃早饭，一毛钱一碗稀饭，一毛钱的咸菜，泡点带的馍。吃完饭端一大碗开水到教室，念，背，大声点，再来三遍。上课了，除了数学和英语课，我几乎都在自学，努力补上从高一开始打瞌睡时错过的知识。下课了，飞跑去厕所，飞跑着回来。

在教室里，我的目光只有两个落点：一个是黑板，另一个是我摊在桌上的书本。这个教室里的其他人长什么样子，是什么脾气，我一概不知，也绝不放纵自己去了解。但是下课时我常常听到两个甜美的声音在对话，那是坐在第二排的两个女生，就在我的身后。有时候我会想，她们长什么样子呢？我可不可以回头看一下？但马上就被自己喝止，直到半个多学期过后，有一天晚自习时停电了，我的课桌里还有半截蜡烛，但是没有火柴了，我回过头去，经过允许后，在她俩的蜡烛上点燃了我的蜡烛，眼睛的余光告诉我她俩的大概轮廓，但很快就又模糊起来。直到考试，似乎我再也没有回过头。晚自习后，我还会到路灯下背书到十一点五十左右，然后最后一个回到宿舍，拉开被窝，当被窝里那股暖暖的气息将我包裹住的时候，我已经渐渐入梦，直到第二天早上五点五十五分，我会准时醒来，在床上翻两个身，伸个懒腰，起床，洗脸，漱口，开始新一天的学习。

那个老师蹲在路边，对着我笑了一下，在我印象里这是唯一的一次。我不是他“重点培养”的对象，也从来不是一个乖巧的人，所以他也许并不喜欢我。但他是一个尽职尽责的好老师。他说：“你这次考得不错，我都没想到。”

是吗？后面几个字给了我极大的希望，难道——我考上了？

我赶紧走进校门，那几张纸就贴在传达室门外，红纸黑字吗？好像是的，我的名字就在最上面的第二个，696，是计算过后的“标准分”，已经明显超过了公布的一本线，距全校第一名差了6分。

哈，哈哈，我考上了！考上大学了！

咱也成了大学生了！

我立即调转车头，我要买个雪糕吃！一个不够我就买两个！

学校门口就有卖雪糕的，好多人在买。我不能在这里买，没考上的同学看到心里该怎么想？再往前骑一下，反正县城里多得是。

三分钟后，我看到一个推自行车卖雪糕的，可那箱子上没有写“秦岭雪糕”，杂牌子的，不好吃。

五分钟后，我的欣喜荡然无存，因为我突然想到一个问题：上大学也是要花钱的！一年连吃带住最少也得上千元钱，我父母还能拿得出来吗？这个问题像磐石一样压在我的心头，我比没有看到成绩的时候更加压抑。

那里有个冷柜，写着“秦岭雪糕”，可是我已经不想吃了。

五十分钟后，我骑到村口，刚好遇到母亲从地里干活回来。我赶紧下车，轻声说：“妈，考上了。”母亲略顿了一下，然后轻声说：“那就好。赶紧回家生火做饭，你烧火，我擀面。”

我笑着说：“妈，我都成大学生了，应该庆贺下，你还要我拉风箱？”

母亲想了想，很认真地说：“要不，等会儿给你买个雪糕？”

踏平坎坷成大道

1999年9月10日，陕西省高等级公路管理局第八个基层管理所在华阴宣告成立。当时正值共和国五十华诞前夕，全国上下沉浸在一片喜悦之中，年轻的华阴管理所所长吴建军和比他更年轻的同志们心中却多了一份责任。作为陕西交通系统献给国庆五十周年的一份贺礼，10月1日，投资14亿元、全长78.52千米的西潼高速公路将全线开通，届时他将和六十几名青年职工进入管理这条高速路的各个岗位，成为这条连接秦、晋、豫三省的经济大动脉的“灵魂”。这群青年职工大部分是刚走出校门的学生，他们的平均年龄只有23岁，在此之前他们甚至不了解什么叫高速公路管理，不知道华阴、潼关具体在什么地方。而今，他们却要献身这方热土，成为这一条现代化高速公路的管理者。

此时，除了年轻和热情，他们一无所有。

不久，十一个小伙子住进了修建这条路留下的拌合站。他们在这里借用了两间房，两间原来是住民工的简易房，扫出去其中民工留下的破袜子、烂石头，抹去墙上乱七八糟的污垢后，大的一间搬造了十一个人的行李，当成宿舍，小的放进五张桌子，贴上红纸黑字的“路政股办公室”。对于六十几千米高速公路的路政和交通安全管理来说，十一个人实在太少了，而且十一个人中除了一个成熟的事故处理员之外，其他人都毫无工作经验，但是从此他们依然成了西潼高速公路上一道流动的风景：他们叫醒路边停车的司机，指引他们转移到安全的地方；他们把在隔离带内玩耍的孩子紧紧抱在怀里，一任呼啸的汽车擦身而过。寒风凛冽，他们一连几个小时站在路边保护修车的司机直至他安全离去。大雨滂沱，他们紧张地清理路面撒落的货物，以确保道路的畅通；他们为抛锚的司机买来配件，加上凉水；他们把迷途的孩子送到母亲的怀里……他们说，那段时间，他们学会了闭着眼睛走路，闭着眼睛吃饭，因为睡眠严重不足的他们一下车就睡着了。

华阴市的刘惠兰一定记得，那天，她患痴呆症的儿子离家出走，全家四处寻找心急如焚，是这群穿反光背心的人把那个在超车道上呆若木鸡的孩子从车轮下救出来；在华阴市挨家挨户打听，直到半夜两点多才找到她家，这时，那些年轻而疲惫的脸上终于露出灿烂的笑容。

更多的人知道了，在这里，在华阴，在高速公路上，有一群年轻人，他们无私奉献，他们忠于职守。人们含着眼泪为这群在紧急关头帮助过自己的人送来一面面锦旗，写来一封封感谢信，他们到处流传着这样的感受：“陕西的高速公路真好！陕西高速公路执法者真好！”

但是没有人知道，在他们忘我工作的同时，狂风一次次将他们的牛毛毡屋顶掀开，然后雨或者雪就毫不留情地落进屋里、落在他们的床上。这个时候，这些曾经终日流连在繁华都市的无忧少年们，他们紧紧挤在几张不漏雨不飘雪的床上，把那个唯一能娱乐的东西——一个能演奏音乐的计算器打开，然后在那混杂着雨声的简单旋律中酣然入梦。

与此同时，我们的吴所长正站在简陋的办公室里，极少吸烟的他点着了一根烟。他太累了，基础设施几乎一无所有：收费站还没有建成，收费员吃饭喝水都成问题，有两个收费站还没有通上电。治安状况很差，保安还没有到位。年轻的各部门负责人需要不断提醒、手把手指导，他不得不和两名同样劳累的副所长亲自开车一件一件去落实、一处一处去查看。

与此同时，收费站的站长们正在向新来的收费员讲解收费方法，站上没有水，没有住处，他们窝在收费亭的地上，甚至一连几天洗不上一次脸。而此时，由于桌子不够，有的收费员是把票款摊在地上，跪在亭子里收费的。

与此同时，熬得眼睛通红的办公室的同志们还在想着如何把各部门需要的物品及时采购回来、及时发放下去；如何让站上的同志们吃得可口一些，睡得安稳一些……

那段时间，在那样的艰苦环境里，华阴所的干部职工们没有抱怨、没有逃避，他们只有一个信念：尽一切可能干好本职工作。这八十几颗年轻滚烫的心汇成一股无坚不摧的洪流，冲垮一切困难，护卫着这条大道上的滚滚车流，也诠释着华阴所艰难却不屈的成长历程。

冬去春来，弹指一挥间，我们的华阴所已经快一岁了。今天回忆那并不久远的过去，我依然感动，而且感慨。一年来，年轻的华阴管理所历尽艰辛，踏平坎坷，终于有了今日的蒸蒸日上、欣欣向荣。今天，当赤水的大葱、白水的苹果、大荔的西瓜通过西潼高速公路源源不断地运往全国各地，当南来北往的司机带着一句陕西高管人诚挚的问候奔赴四面八方时，他们记住了这支风纪良好、服务一流的队伍的名字——陕西省高等级公路管理局西渭管理处华阴管理所。今天，华阴所的同志们正以自己的汗水和智慧，努力把渭潼高速公路建成连接陕西和山西，以及东部和西部的金色纽带，为此，他们信念不息！为此，他们奋斗不止！

1999 年冬天的某个清晨，华阴拌合站

在路上的青春往事

1998 年 7 月，我从西北政法学院法律系毕业。当时的就业形势和我的成绩决定了，我对未来的工作还有一些选择的余地：进公检法机关的机会已经不大，但一些虽然沿海但不太发达的地方也来招政府工作人员，还有一些著名的企业对法科毕业学生也比较青睐，虽然当时大家对于进企业还是不太热衷。最后我的选择是本省的一个公路企业，别人关于这个单位“效益特别好”的夸张描述深深打动了我。寒窗十载以后，我需要钱来缓解务农为生的父母的经济压力。

理想和现实总有差距，有时甚至截然不同。我扛着铺盖报到后，被告知我上班的地方是在城市遥远的郊区，很偏的地方，只有一辆公交车可以到达。我早早去赶公交车，下车后按照单位领导的描述去找，终于在一个村子旁边找到了一栋三层小楼。站在门口，我定了定神，安慰自己：这地方虽然偏一些，但毕竟还在省城。进了办公室，人事科长笑容可掬：“今天就算报到了，一个月后到另一个市里去上班。”瞬间我如冰水浇头：居然还要再次流放！可是真正的打击还在后面。在另一个市里工作一年后，我被告知：其实我是应该到下面的一个县里工作的，因为道路延伸到了县里，在市里的一年只是实习。而最打击我的是，吸引我的那个“好得不一般”的效益始终没有见到。

纵然如此，对于一个“家世至寒、性资甚下”的凤凰男来说，对于一个自出生就在逆境中苦苦拼搏的人来说，我清楚地知道，我没有任何撒娇抱怨的资本，这个社会也没有给我任何矫情表演的机会。预期的情况没有发生，理想的状态发生变化，但究其实质，这只不过是原来生存状态的继续延伸，既不足以击垮我曾经营养严重不足但最终依然健康的身体，也不足以击碎我虽然备受屈辱、留下累累伤痕但却始终坚强不屈的心灵。我没有选择，只有继续强化对于“有志者事竟成”“苦心人天不负”这些古老格言的笃信，去迎接我所面临的一切，去做一头沉默的黄牛、一匹奋蹄的幼马，从卑微中起步，在负重中前行。

第一个工作岗位是收费。在收费亭中一坐就是 12 小时，一个白天，然后是一个夜晚。没有任何抱怨，我干得扎实认真。当时收费亭中没有监控，很多司机也不要通行票据，有的收费员每个班下来都能挣一笔小钱。而我自己呢，司机不要票据我追出去都要塞到他手里，结果是每个班下来都要赔上十几二十元。赔了钱惩罚自己：晚上下班后只能吃包方便面。喝完最后一口残汤，不断用孔夫子的话安慰着自己：一箪食，一瓢饮，在陋巷，人不堪其忧，回也不改其乐。

收费半年后，领导又安排我去做道路巡查。活不重，一个班三个人，每天坐在巡查车上沿路转转，看见群众上路制止一下，看见车辆违章警告一下，但是大家普遍不愿和沿路群众打交道。往隔离网里扔秸秆的事就不太好处理，巡查时看见了喊几声就开车走了。工作热情高涨的我却偏偏不忍如此“轻松执法”，见到就要冲下去制止，短短几个月我不仅磨透了两双皮鞋底，还被铁丝网刮烂了三件制服。

后来我在一本著名的鸡汤书上看到一句话：世界会给你以厚报，既有金钱也有荣誉，只要你具备这样一种品质，那就是主动。我在工作上的主动，虽然没有给我带来金钱，但的确带来荣誉：一年工作实习结束后我马上就被“委以重任”。领导让我当了“股长”，一个没有级别的小管理岗位，但是当时那个岗位很关键：要负责道路上的交通安全和事故处理，要保护路产路权。路政股有近二十号人，拥有这个单位几乎一半以上的车辆设备，还承担着些许内部保卫的职能。我至今对当时的处领导和所领导感激不已——这对一个大学刚刚毕业的年轻人是怎样的器重和信任啊！要知道，生性木讷的我当时和领导说的话都非常有限，更不用说去和领导拉关系了。这样的感动带给我巨大的精神力量，激发着、刺激着、鼓舞着 23 岁的我。伴着纪念国庆五十周年的激越歌声，我的胸中万丈豪情，红彤彤的一片纯净，高度兴奋中迎来了毕生难以忘记的一段时光。

刚刚通车的高速公路管理机构如同一架正在适应、磨合的庞大机器，承担崭新任务的我如同这架刚刚开启的机器中的一个部件。点火的那一瞬间发出的声响虽然是喜悦的，但初次运转却难免痛苦生涩。我对这架机器饱含深情、极度感激，所以全力投入，力求使自己的运转更趋完美。我的年轻的同事们比我更缺乏工作经验，但和我一样血气方刚、斗志昂扬。这样，施与我们身上的磨砺自然会更多一重。

当时，大部分的绿化施工还在进行，有的路段的防护钢板还没有安装，路面上群众过往穿行如常，交通事故接二连三，我带着大家不分白天黑夜，忘掉节假休息，奔波在关中平原最东端六十千米的高速公路上。我们坚持二十四小时不间断地上路巡查，消除一切可能的事故隐患，几十双熬红的眼睛换来了路段内的交通事故不断下降，达到出人意料的低点；我们给抛锚的车辆修补轮胎、送饭加水，我们办公室里的锦旗逐渐覆盖了一整面墙；我们和随意停靠上下乘客的客运车辆打游击战，斗智斗勇，路上的交通秩序逐渐好转；我们把交通事故的伤者背上边坡，送到医院，抢救过来的伤者抓着我们的手泪如雨下、感激不迭；我们把散落一地的货物——有时是堆积如山的煤炭，有时是烂成一团的蔬菜，一锨一锨地推到路旁，一抱一抱地抱到路旁，看到被堵塞的路又畅通了，我们脸上带着污垢，绽出笑容……

那是怎样一个多雨的秋天呀！我和路政股的同事们住在修路民工留下的工棚里，强劲的秋风撕开了房顶的牛毛毡，毫不怜惜地把阴冷的秋雨洒灌进来。房间里到处是接雨的器具，被子湿得能拧出水。没有洗澡的条件，我们也忙得没有洗澡的时间，潮湿的房间里弥漫着霉变的味道，许多人得了严重的皮肤病，瘙痒难耐。我们几乎是集体到县城医院的皮肤科看了病，抹完药后满屋子浓郁的硫黄味。吃饭就在留下来的民工灶上：冒着雨跑到灶上，端回来一大碗扣着土豆白菜的粗米饭，坐在床沿上努力下咽。可是往往不等我们吃完饭，报警的电话就会响起，我们立即出发，床沿上的饭碗留给一群群硕大的老鼠，到了晚上我们回来，它们依然肆无忌惮地蹿来蹿去，似乎知道这群极度疲惫的年轻人根本没有精力来剿灭它们。后来，西北风刮起来了，冬天快来了，我们在屋子里生起了用拌和站里废弃的沥青桶自制的炉子，我们学会了在极短的时间内生火，它给我们的阴冷的深秋带来了一些温暖，也给被子上带来了永远扫不净的煤灰。

那是怎样一个寒冷的冬天呀！风陵渡黄河滩上的朔风吹得人都站不住，上级要求事故现场没完全撤离之前都必须有人现场指挥，我们整夜站在事故现场上指挥交通，以免发生继发性交通事故。那个时候口中呼出的气息都是寒冷的，明显感觉自己的骨头缝里都是零度以下的空气在流动，稍停一会儿鞋底就冻在路面上，需要用力才能抬起脚来，我真正体会到了什么叫彻骨的寒冷。下雪了，路面先是积雪、入夜雪停之后很快结冰，滑得像一面镜子，办公室里的报警电话响个不停，侧滑、追尾的事故不断发生，六十千米的路面形成了很多肠梗阻。我们奔波在一个个事故点上，不断地滑倒，努力地爬起，快速地勘察、照相，想尽办法移开堵塞了道路的事故车辆。信念支撑着我们，责任鞭策着我们，我们忘记了寒冷、饥饿。天亮了，内勤送来了肉夹馍，虽然饼已经冻得冰凉冰凉的，虽然黑黢黢的手上沾满鲜血，我们依然吃得津津有味。所有的现场清理完毕已经到了第二天下午，枕头还没有暖热报警电话就又连续响起来：路上大雾弥漫，又是一连串的追尾事故！不用说，今夜依然无人入睡！

那时我经常会在下午天黑前痛苦地思索一个问题：今天，我洗脸了没有？因为这个“今天”或许是从昨天下午开始的，或许是从昨天晚上开始的。往往是这个问题还没有想清楚，我就又必须上路工作了。问题在于，过于专注于“事”，难免会疏于关心“人”，这成为我一直以来的一个心结。

可是，那又是怎样一段火热的岁月呀！毫无怨言地付出青春，尽心竭力地挥洒汗水，那样的激情迸发，那样的无怨无悔，从来不关心没日没夜的工作可以给多少加班费，从来不思考全心全意的付出和投入会给自己带来什么利益和好处。这样近乎癫狂的状态外人看起来或许有点傻，但是今天我依然坚定地认为，忠诚于本职是一种起码的善，如果说因为我们的工作和付出，减少了交通参与者的财物损失，挽救了交通事故中伤者的生命，那就是另外一种更加值得称道的善；而且我也相信，崇高的价值从未沉沦，无论物质大潮如何裹挟，实用至上主义怎样横行。事实也证明这一点，除了我离开了交通系统进入了公务员队伍，当年在拌和站里奉献的那一群人，有的当了处长，有的当了科长，有的考上博士，有的考上硕士，更多的已经成为单位的中坚力量。更加珍贵的是，火热的战斗生涯结下了深厚的友谊。每一次聚会，所有人都不会拒绝喝醉，即使是从不喝酒的我。于是，这些已届中年的“青年人”在深夜的酒店里喝到吐，吐完再喝到大吐，这些“70后”的老男孩在寒冷的街上失态地呵着酒气互相呼喊，以这样的方式缅怀那段时光，延续那种激情。

现在，我的生活平静得像一汪湖水，心情却也一下子空寂起来。每个人的青春都无法复制，虽然并不一定完美；所有的过往也都无法改写，即使有再多的遗憾。现在回首那段激情燃烧的日子，那些酣畅淋漓的工作场面依然清晰如昨，可是许多生活的具体场景却早已模糊湮灭。于是常会在某个寂寥的夜晚，打开那时的工作笔记，翻看那时的青涩留影，那时的雨和雪会再次落在我的肩头和头发上，粗砾的、夹杂着沥青味道的风会再次充斥我的鼻腔，在内心的充盈与满足中，我能感觉自己的脸上轻轻浮出笑容。

我经历的第一起凶杀案

那年我还没毕业，正在一个沿海发达城市的城郊派出所里实习。辖区里是一家挨一家的小厂，都是些劳动密集型的流水线，吸纳着千千万万的打工仔和打工妹。这些年轻的生命来自天南地北，操着不同口音，每天大清早从一栋栋出租屋里倾巢而出，汇成一股洪流，涌入一个个黑色的大铁门，直到晚上十点左右才蜂拥而出，享受一下短暂的闲暇时间。很多人会来到距派出所几百米的一片草地休息，唱唱一首一元钱的卡拉OK，转转人行道上肆意摆设的小摊点，他们把这块地方称为“打工者天堂”。

带我的师傅是刑警队的熊哥，三年前从公安大学毕业分配到这里，待人义气豪爽，工作尽职尽责。这天晚上该他值班，我跟着他出去巡逻，走背街串小巷，别人不愿意去的地方，他都要一一走到，辖区那么大，一圈走下来累得够呛，回到所门口已经晚上十点半了。远望那边的“打工者天堂”已经人声鼎沸了，熊哥终于舒了一口气：人一多抢劫抢夺的事就会少一些。

可是没等我们在值班室里喝完一杯水，电话铃就响了：两个打工妹被刺，一死一重伤。所有民警立即出动，赶往现场，我留下来继续值班、接听报警电话。

第二天上午，忙了一夜的熊哥才满脸倦容地回到所里。他告诉我，受害人是一对姐妹，嫌疑犯据说是姐姐的男朋友，行凶后已经逃走。熊哥留给我两个黑色的塑料袋，里面装着受害人的遗物。我今天的任务就是整理这些东西，尽量找出有价值的线索。说完，他们顾不上休息，直接出去继续侦查了。

南方初秋的阳光透过窗外的大榕树暖暖地洒进房间里，让人不由感念自然的美妙、生命的美好，而我却要开始面对一个刚刚逝去者的遗物，这个残酷的事实就发生在若十个小时前，距这间屋子几百米之外——我推开窗子，就可以远远看到那片草地。我把塑料袋里面的东西一股脑倒在桌子上：几件小碎花的裙子，质量很差，很明显是街边小摊买的那种；两个玩具娃娃，都只有巴掌大一点儿，其中一个小熊用扣子做的眼睛已经掉了一只；两个塑料饭盒；几个塑料发卡；一个看不出品牌的随身听，装着一盘盗版的“港台金曲大全”；还有三个薄薄的塑料皮日记本，绿色的两个，红色的一个；几封已经拆开的信。这些，就是那两个姑娘在这个城市里的全部生活，它们，尤其是那些日记本和信件，开始向我倾诉发生在死者身上的故事。

她们是遥远大山里的孩子，家里很穷。姐妹三人都在这个城市里，大姐也只有 20 岁，在另外一个工厂做工。受害的是老二和老三，在我们辖区的一个工厂。其实她们还有一个弟弟：日记本里夹着一张照片，照片的背景是山坳里的一栋老屋，周围杂乱地长着一些树，四五十岁的瘦削男子坐在简陋的长条木凳上，腿上抱着一个六七岁的小男孩，旁边坐着他的头上包着头巾的妻子，背后站着三个闺女。三朵金花之后终于有了龙种，画面上父亲笑得最为开心。母亲的头侧着，眼睛向左上方抬着看镜头，长期苦难的日子使她在本该高兴的此刻，表情依然有些羞涩、凄苦。后排和母亲眉眼酷肖的大姐和二姐目光中掩不住自豪：她们刚从南方回来，给父母带回了钱，还借来一台傻瓜相机给全家照一张全家福。三妹不太高兴，不能像两个姐姐一样进城打工、看外面的世界，因为那时她实在太小，去了也没人敢雇她，只能等明年再说了。穿着最漂亮的是那个男孩子，集万千宠爱于一身的他表情最为自然、放松。

照片上，长得最漂亮、笑得最灿烂的是二姐，昨天晚上，她被刺身亡，19 岁。

“哪个少女不怀春？哪个少男不钟情？”是的，野百合也有春天。贫穷的山村姑娘的日记本里，仔仔细细地贴着港台“四大天王”和毛宁、杨钰莹的贴画，一笔一画地抄着正在流行着的歌曲《明明白白我的心》。还有一些文字，述说着车间里的日常琐事，包括关于某月因违纪被扣 100 元钱的痛心疾首，包括某月奖金数量全班组最高的欣喜若狂，包括一位长相英俊的男同乡对自己的照顾和关心。更多的文字则是对家人包括可爱弟弟的思念，对父母辛勤劳作的关切和牵挂——出身贫寒的善良姑娘大抵皆如此。

一段时间以来，姐妹俩人的烦恼都来自那个二姐的“男朋友”，这里的信件，除了那个坐在板凳上的男子程式化的“家里一切都好”或者“你妈的病又犯了”之外，都来自另一个倔强的青年——他也还不到20岁，或许勉强还可以称为少年。和她们一个村的，同时也是二姐的同学，或许只是众多喜欢漂亮二姐的同学中的一个。但是体格健壮、荷尔蒙分泌旺盛的他，自觉地充当起二姐的“保护者”。他给二姐的来信总是以“亲爱的妹妹”开头。他说，自己马上也要辍学来南方打工了，他埋怨“妹妹”只给三妹在这边找了工作而不给自己找，他质问为什么“妹妹”回老家不找自己而是找了另外一个男同学，他发誓一定要来南方找她。

事实上他真的来了！日记本告诉我，他其实来过两次，如果算上昨天晚上来杀人这一次，应该是三次。姐妹俩很恐惧，“男朋友”的自我角色定位非常坚定，并且毫不犹豫地住进了姐妹俩住着的女工集体宿舍，他睡在三妹的床上，那姐妹俩在恐惧中抱在一起挤在另一张床上。同房的其他女工对此习以为常：不是经常有某工友人的男朋友或者老公来吗？来了就和那个工友挤在一张床上，唉，大家都不容易！她们不知道，这次来的根本不是那个容貌端庄、沉默寡言的二姐的男朋友，19岁的二姐还没有在自己脑海里勾画出那个心中男子的模样，但眼前这个绝对不是。她不知道怎样应对，那个还在盛行“媒妁之言”的山村里，父母根本不会教给她怎样应对骚扰；在这个操着不同口音的“联合国”里，大家每天忙得死去活来，互相也没有那么深的交往；大自己两岁的姐姐在20千米以外的工厂打工，她同样没办法帮助自己解决这一难题。身边，只有比自己更瘦弱的妹妹，晚上当床下那个“男朋友”翻身的时候，她比自己抖得更厉害。她不知道该怎么办，虽然她给这个自认为“男朋友”的男同学买了饭、管他住，但是始终在感情方面不着一字，即使是在他已经威胁要杀人以后。

两次来南方“寻找感情”的“男朋友”被激怒了，他的后面几封信里，都只有一段话，恶狠狠的威胁。姑娘在恐惧中颤抖，在颤抖中坚持，直到昨天晚上，那个噩梦中的男人手持一把长刀从路边灌木丛中冲出来，面对着手牵手默默走路的姐妹俩，狠狠地刺过去，先是“亲爱的妹妹”两刀，第一刀就直中心口，然后三妹一刀，回过头来又给二妹一刀……

阳光的温暖不复存在，我感到彻骨冰寒。

推门进来的是熊哥，背后跟着一个瑟瑟发抖的瘦小女孩。熊哥从腋下把手枪卸下来，又指着那个小女孩说：“这是死者的大姐，把死者遗物交给她吧，让她在遗物清单上签个字。”

那个女孩走过来，她的上身穿着一件蓝色的工作服，牛仔裤裹着两条瘦腿，不停地抖动着。她居然是大姐？一米五不到，看上去不过十七八岁，她的眼睛里塞满数不清的哀伤和无尽的恐惧。我把桌上的东西一样一样交给她，她把每样东西都拿在手上，看一下，然后装进了黑塑料袋里，拿到那张照片时，她的眼泪一滴滴落下来，覆盖了全家人和二姐灿烂的笑。

签完字后，她顺着墙角一声不响地走了。熊哥说："那个姑娘还要赶紧去医院看老三，那个老三还昏迷着没有醒来呢。"

办公室里，我和熊哥都沉默了。我的目光飘向遥远的山村，狭隘、自私的兽性毁掉了两个年轻的生命，毁掉了整个家庭最后一点微弱的希望。真的无法想象，那个照片上的人们，将如何承受这猝不及防的巨大打击？我在心里咬牙切齿地诅咒谩骂：哪天抓到凶手，一定先狠狠地给他些颜色！

熊哥似乎看出了我的心思，他揉揉布满血丝的眼睛，打完一个哈欠，咬着牙告诉我："抓不到凶手了！"

我急切地问："为什么？"

熊哥重重地叹了口气："他——自——杀——了！"

嘿！我的拳头狠狠地擂在桌上！没有惩恶扬善、手擒凶顽的巨大遗憾，如同刚刚加速飞身腾起却无处落脚而突然坠入深渊。作为一个警察，对于恶者没有惩罚，就是对于善者的亏欠，巨大的失落感伴随了我好久。

虽然后面的日子夹杂着更多的案子漫卷过来，我的情绪也不再如当初那般冲动，但是我仍然常常想起那个案子。内心里为正义而战斗、坚持的决心，日日滋长，从未停息。

冬夜蹲守记

那是个周末，我本来有着极其重要的事情，但中队负责人依然很坚决地安排我值班，我始终没有进化出对“工作需要”这个冠冕堂皇的理由的申辩和反驳功能，于是带着同组的小李兄弟踏踏实实地处理违章、上路巡逻。直到黄昏时分，高速公路两边的村庄炊烟四起，氤氲着和暮色混为一体，停车纠违时甚至可以隐约听得到母亲喊儿子回家吃饭的声音，越来越强烈的饥饿感催促我们抓紧时间回中队吃饭。

马上就要到收费站的时候，在一个弯道处遇到一辆爆了胎的大货车，车身占用了半个行车道，车上的货物装得很高，一看超载就很严重，朝着路外倾斜得很厉害，好像随时都可能倒下去。我们赶紧在车后按规定拿了几个反光锥形桶，摆在车后很远的地方以保证安全。司机是个年轻人，正拿着电话紧张地联系补胎。看到我们，他冷冷的话语中透着一种任你宰割的抵触情绪：“爆胎了，轮毂都毁了，刚联系了附近一个补胎的，他去西安进货，今天半夜就可以修好。”

“拉了多少？”这是一辆载重量五吨的黄牌车，但自行加了高帮，货物堆装得很高。

“大概十多吨吧。”年轻的司机撇了下嘴。

“恐怕二十吨都不止！”小李说，“货单拿出来看看！”货单是货主给承运人的合同，一般会详细列出货物名称、数量、起运地点和卸货地点。

司机推三阻四，折腾了半天才从驾驶室里拿出货单，一看吓我们一跳：车上拉着四十几吨杨木，从新疆拉到江苏去。据司机说，这些木头是要拉到江苏某个地方做家具的。

我们很气愤：“五吨车要拉四十多吨，超载近十倍！能不出故障吗？出了故障然后占道修车，多少车毁人亡的交通事故都是因此酿成的！”但是我们也没办法：我们没有清障车，而且这样重的车就是从社会上租来清障车也拖不动。满路上都是这样超载严重的，中队总共就五六个人，值班的除了内勤，就我们两个人，所谓的卸货转运最起码也得一天时间，我们还要不要上路处理其他事情呢？所以，我们留下锥形桶，暂扣了驾驶证，交代司机注意安全，修好车后到中队接受处理。当时，我们只能这样。

巡逻车拐出了收费站，我的心却突然提了起来：新疆？杨木？新疆林木那么宝贵，怎么会如此大规模采伐出卖？莫非是盗伐倒卖的？

我想起某本杂志上关于新疆胡杨木林被盗伐毁坏的报道。那个时候我所工作和租住的地方虽然就在一个著名旅游区但却依然闭塞。有一次去附近的打字部打印一份事故处理文书——

我们中队没有电脑，事故文书都是手写好然后到打字部去打，见到一个游客拿出一个精致的玩意，让打字部的姑娘帮着把里面的照片倒出来，那人说这东西叫闪存，又叫 U 盘，可以存上百兆的文件。我们都目瞪口呆：天哪，我的三寸软盘只能存一兆东西，还常常损坏，这个东西居然可以存上百兆，太神奇了！当晚回家我还专门给妻子讲了这个奇闻，并且一起感慨了半天。

由于县城里的书店只有教辅材料，我们既不上网，也不太看电视，那段时间里，我的精神世界主要依靠各类过期杂志构建。遇到可以休息的周末，我会坐上班车去趟西安，在专门卖过期报刊的小店中，以每本一两元的价格买一堆撕掉扉页的几个月前或者一年前的旧杂志，当时最喜欢的是《凤凰周刊》，因为其中每期还会附一张光碟，那里面，会有更新奇更遥远的信息。正是靠着这些今天看来品位并非最高的印刷品，我努力在遥远的县城里继续滋养自己的灵魂，维护自己的坚持。关于新疆胡杨林被盗伐的报道就来自于此，记得自己看书时气愤难当，拍案而起。今天，这样的事情就在我的眼前，我怎么能轻易放过？

巡逻车停在收费广场上，天已经黑了。胃一遍遍地给我们提意见，真的饿得咕咕叫了。我跟搭档说让我和林业派出所的人联系下，交给他们我们就没事了。小李点点头：“快点，要不就饿死在这了。”电话那头，林业派出所的领导听了情况后很激动，说：“那很可能有问题，这是个大案啊！你们先查查他有没有木材运输手续，如果没有我们马上派人过去。”我们对视了一眼，先垫点再上路吧！就在附近路边的小摊上每人要了碗扯面，趁着下面的时间，我到外面给妻子打了个电话，我知道她此时此刻一定非常焦急地等待着我。我说遇到点事，可能要晚点回来。妻子略微停顿了下问大概多长时间，我说就一会儿，让她到门口自己去吃点东西。然后鼻子有点酸，这时我的面好了。

吃完饭，我们直接上了高速。那个司机说自己有木材运输手续，拿给我看，我不懂这个，就又给林业派出所的人打了电话，他们说即使有手续也可能是伪造的，他们正在想办法派人过来，不过大概需要一个小时。我们等了两个小时还没等到他们，搭档说，还是回趟中队吧，晚上太冷了，得把多功能服穿上。

回到中队，再给林业派出所的人打电话，那边说，今晚他们来不了了，还是需要我们把车先控制住，他们明天一大早就过来。

怎么办？盗伐偷运不是交警的职责范围，但我也依然无法说服自己撒手不管，这辆车晚上修好就会随时离开，除非我守住那辆车，把它交给林业派出所的人——毕竟，这可能会牵扯一个盗伐珍贵林木的大案，作为警察，我不能让它从我的手上溜走。

这个晚上要去守候，我得说服两个人。

一个是我的妻子。她已怀胎九月，后天就到她的预产期，我们原计划今天就要去住院的。虽然她其实不需要说服，因为对于我她从来都是无条件支持，从谈恋爱以来，因为我的忙，我们甚至连一场电影都没看过，更不要说一起出去旅游，但她从来没有抱怨过。我风里来雨里去，没日没夜地工作，难得两个人浪漫一次、奢侈一次，去县城吃一次火锅，鱼刚煮熟我还一口没吃就接到电话必须马上赶到事故现场，她也从来没有抱怨过。但是这个时候——临产的前夜，对于任何一个女人来说，都足够特殊。华山脚下、中队旁边我们租住的小屋里，身形臃肿的她看我吃她削好的苹果时还穿着制服，眼神有点疑惑。我鼓足勇气："路上有辆车，有点问题——可能涉嫌一个大案子。"她什么也没说，停了一会儿，默默起身把已经关掉的手机又重新打开，给我取出了厚厚的多功能服，轻轻地说："注意安全，注意手机，万一有什么情况，我给你打电话，一定要能接得通。"

另一个需要说服的，是我的搭档。从早上开始，我们俩已经忙活了十一个小时，够累了，他已经靠在值班室的床上睡着了。我先把值班电话呼叫转移到我的手机上，然后狠狠心叫醒了他。作为一个优秀的警校毕业生，他只是迟疑地问了一句："可不可以交代给收费站？"我说："这一路出口太多，咱也不知道人家会从哪个收费站离开呀。"他便再没说话，默默地起身去发动了车。

那个夜晚很冷。我和搭档谈了很多也许不会再向任何第三个人说起的悄悄话、真心话，因为我们都很疲劳，只有不间断地说话，才能避免睡着，我不停地说，还有内心惭愧希望得到理解和宽恕的意思。到了后半夜起了西北风，更冷了，担心那个南方司机扛不住北方这么低的温度，我们把他叫进车里，打着车，开了暖风，一起暖和暖和。那是一个和我同龄的小伙子，他很不理解我们为什么整夜在这里陪着他，劝我们早点回去休息，我们说这地方危险必须要保护他。

司机也是心急如焚，说必须抓紧赶回江苏老家去，因为后天自己的老婆就要生产了。就这样，一个两天后就要当爸爸的违章并且被怀疑违法的司机和一个两天后就要当爸爸而抛下临产妻子坚持通宵守候的交警，在渭北凌晨的刺骨寒风中，一起挤在福莱尔警车的狭小空间里，一起谈对于即将到来的小生命的期待。黎明到来的时候，修理工的人带着新的轮毂回来了，小伙子立即和修理工动手更换轮胎，他们紧张移动的身影被初升的太阳拉得很长，在路面上形成错乱斑驳的复杂图案，如同一出剧情跌宕的皮影戏。那一刻，我突然想到，这个人或许无法赶回去迎接自己孩子的降生，心中突然有了一丝忧伤。

车修好了，我们押着这辆车到了最近的收费站院子里，又等了一个多小时，林业派出所终于来了一个人，他对于星期天大清早就要来办这个差事似乎很不满意，从面包车上下来后嘴里一直嘟嘟囔囔。他拿过手续随便看了一眼，然后对我说："差不多吧！这业务我也没干过，所以我也说不清楚，你说自己一个交警干吗管这事……让人家走就完咧，真够闲的！"然后扬长而去。

我目瞪口呆。我忘记自己是怎么回到中队交接班的。只记得我给处理完超载和违停的司机招招手："赶紧回去照顾媳妇吧！"可当我回到出租屋时，当我听到妻子取开顶门的杠子时，当我听到她扭动门锁慢慢打开门时，我赶紧低下头，不敢看妻子那焦急等待、关切询问的眼睛，直接把自己埋在被窝里，重重的寒意包裹着我，攥紧拳头咬紧牙关强忍着依然不能阻止从瑟瑟发抖转成默默抽泣。

其实，类似的情景在我奇葩的人生中并非孤例，因此而产生的尴尬和羞辱我大都已经淡忘，但我永远清晰记得那个夜晚、那个日子。因为，第三天，我儿子在地区妇幼保健院顺利降生，我给他取名"一正"，希望他做个走得端、行得正的人，也希望以后有机会，能给他讲讲这个发生在他生日前夜的故事。

为父之道

当知道“蝴蝶效应”这个名词的那一瞬间，我的眼前浮现出的是父亲轻轻皱起的眉头。父亲沉默寡言，但家法很大，每当他的眉头轻轻地一皱，就像那只在巴西的蝴蝶轻轻拍动翅膀，我的心中立即一层寒意：我马上面临一场急风暴雨般的胖揍，其烈度绝不逊色于得克萨斯州的那一场龙卷风。

这就是我对“父亲”这一概念的最初判断：威严、果断、严厉，甚至可以威严到不讲情面，随时可以翻脸；果断到不顾方法，曾经一次打断过三根柳条；严厉到不能辩解，辩解只能变本加厉、雪上加霜。

但是，这没有影响我对父亲的感情：我敬畏他、服从他，并且打心眼里爱他。因为事情明摆着：这个家里，最重的力气活都是他干，最难的事情都是他处理，他是这个家庭的顶梁柱、主心骨。他做的一切，出发点都是为了这个家，为了我们这几张嗷嗷待哺的小嘴，虽然有时候落脚点是我们的屁股。

一晃几十年过去了，我也做了父亲。

站在产房前，我还在脑子里反复思考：都说多年的媳妇熬成婆，怎么没有人说多年的儿子熬成爹呢？

虽然最终思考没有结果，但我依然决定：我要做个严父，要做一个像我父亲一样在孩子面前无比权威的爹！

可是，当我第一眼看到那个紫光灯下蹬着腿的可爱精灵时，我的坚定立场迅速被软化了：除了笑，不停地笑之外，我什么话都说不出来了。要知道，我本打算首先给他一张冷峻的脸的！当他把第一泡尿撒到我的胳膊上时，我已经全线溃败、泪水盈眶：这我娃的尿，怎么一点都不臭呢？

孩子慢慢长大，也常常惹我生气。例如儿子撕毁了我视若珍宝的一本书，例如儿子画花了我刚刷好的墙，还有，儿子还有一段时间特别爱抓人、咬人！我得经常跟同事们解释：我的脸是我娃抓烂的，不是他妈！

可是，无论我的眉头皱得再厉害，儿子从来没有害怕过我。没办法，我只好提高表达愤怒的烈度，我批评，然后训斥，然后更大声地训斥、更更大声地训斥，儿子愣了一下，看看我，又一把抓过来！

我抡起巴掌——又收了回来。好，小子，你厉害，过年回去，让你爷爷收拾你！

过年回家，父亲很高兴，却依然冷面：“来，让我抱抱。”我赶紧指挥：“去，到你爷爷那儿去！”儿子蹒跚着走过去，直接在父亲脸上抓了一把！

我顿时五内俱焚！儿子，你压根不知道眼前这人有多厉害，你这是真真正正地在太岁头上动土呀！

儿子，别怪我，这下，我可真要打你了！

说时迟，那时快。父亲一把把我儿子护在怀里，冲我暴喝一句："你敢动我娃一下！"

我一愣，偷眼一看，那眉头皱得好紧。

儿子，我想说声谢谢你

孩子，也许你还不了解，对于任何人来说，获得快乐都不是一件容易的事情；而对于我们来说，你是带来最多、最纯粹快乐的天使。

2002年11月4日凌晨，你在渭南市妇幼保健院里发出了对于这个世界的第一声问候，也正式宣布了对于我而言最重要的一项任命：我当“父亲”了！当我冲进产房，你正蹬着腿，在紫光灯下好奇地打量着这个世界首先向你打开的一隅，脸上挂着最平静、最纯真的笑容。护士说，你只哭了一声，小声哼了两下，就开始微笑了。

我的儿子！我的坚强的儿子！那个瞬间，我被幸福和快乐击了个正着，浇了个精透，醉了个彻底！

后面的岁月依次展开。当你在姥爷姥姥的精心照顾下短短几天就变得白皙健壮时，当你在仅仅几个月时间就发出“爸、爸”的音节时（你妈妈坚决认为这只是无意识的嘴部活动，为此她还生了气），当你第一次离开搀扶的手臂蹒跚前行时，当你第一天上幼儿园背着小书包回家时，当你第一次自己独自坐地铁从出口走出来时……许许多多这样的场景都深深印在我和妈妈的脑海中，成为我们恒久快乐的理由。时至今日，每次见到别的比你小的孩子时，我们总会不自觉地想起你的那个时期，这已经成为一种习惯。还要告诉你一个秘密，每天晚上临睡前你的任意一句问候、任意一个表情，每每可以让我和妈妈咂摸许久，温暖许久，这也已经成为一种习惯。

当然，更多的时候，你带给我们的快乐已经和生活浑然一体了，就像空气一样，既平平淡淡、真真切切、须臾不可离开，又无影无形、不用时时挂在嘴边。

可是，今天，整理你的作文，我再一次被巨大的惊喜击中了。因为，儿子，我突然间发现，你真的是个天才！

首先打动我的，是你二年级时写的《黄豆生长日记》。几颗在旧果冻杯底发芽的黄豆被你写得那么生动有趣：有男生豆子、女生豆子之间的可爱斗嘴，还有查缉害虫的破案悬疑。我查了一下，那年你才 7 岁多一点，你是怎么做到的？

三年级时，你写了《假如我会变》。为了帮助一个忘了带课本的小朋友，你变成了《神奇四侠》中的“罗伯特”——因为忘了能把身体变成各种形状的“里德”的名字，你在作文里暂时叫他“罗伯特”，真是一个机智的选择。更重要的是，你的作文描写的情景完全得益于对生活的观察，所以那个小朋友和他的爷爷奶奶才会被你描写得栩栩如生。

四年级时，你运用超级丰富的想象力，在白云山上的白云城里，讲述了一个剥削和反剥削的故事：正义的兔子机智得揭露了对方使用高科技产品的作弊行为，从而取得了比赛的胜利，帮助白云城里的人们摆脱了苛捐杂税的压迫。可是，最为神奇的是，你这个精彩故事的骨架居然是“龟兔赛跑”！

这一年的暑假，我们自驾到甘肃、青海旅游。你坚持每天写日记，回来整理成了《兰州之旅》和《快乐的青海之旅》两篇作文。今天翻看一遍，我们的那次快乐旅程又历历在目，尤其是你在黄河边和青海湖边上吟诵课文《观潮》的情景……

五年级时，你以细腻的笔触讲述了一场“精彩的足球赛”，起承转合和人物对话都非常有特点。只是其中把“只考了60分”作为一句最侮辱人的话，也许是当时我们对你的分数要求有些极端和过分，才使你有了这样的认识。当然，六年级时的那篇《养蚕》也是非常不错的，它还为你赢来了人生的第一笔稿费呢。

那么，六年级的代表作又是哪篇呢？你说最喜欢那篇《木船》。当然，你们敬爱的“老魏”对这篇评价最高，所以你最自豪。同时，我觉得《对蚕好一些》和《一定有虫》两篇也相当不错；尤其是《一定有虫》那篇，简直可以说是一篇警示世人的寓言。也许是因为书写的原因，老师对这两篇的评价稍逊，你可一定要记住这个教训。

你还记得自己的第一部小说吗？那篇你三年级时独立创作的《飞天猪与小仙兽贝贝》，居然有 12 章 4200 多字，真是不简单呀！

整个中午我都在翻看你的文章，口中一再地喃喃自语，心情一遍遍地被喜悦洗刷，充满了成就感，这样的心情也是好久都没有过的。谢谢你，孩子！

过了一会儿，我又忍不住笑了。如果我把这一切都归功于你的天赋，其实就是揽功于自己。不可否认，这些成果得益于你的勤奋和思考，但更要感谢的其实是教会你学习和思考的老师们。

你也许还不能完全清楚，在你成长的这六年小学时光里，我们的社会环境其实并不是最好的，坚守职业操守成为一件非常困难的事情。但是即使在这样的情况下，你还能幸运地碰到很多好老师：第一任班主任于涵玉老师给了你那么多的肯定和鼓励；第二任班主任魏峰老师给了你那么多的帮助和引导；教你数学的可敬的刘老师，不仅多次给你补课，而且长期从生活上关心你、帮助你。还有这六年来教导过你的西安小学许许多多的老师和领导们，他们坚守着教书育人的崇高信念，尽职尽责、呕心沥血地培养你成长，我想借你“作品集”的一角，表达一位学生家长对他（她）们最崇高的敬意！

一个结束，必然预示着一个开始。你小学毕业的时候，又给了我们一份新的惊喜：通过努力，你考上了一所不错的中学。我也期待着，一直陪伴着你，不断分享你人生中一个又一个成功！

写在2008年的第一个工作日

其实今天不是元旦过后，而是春节过后的正月初七。虽然我仍然感觉非常疲倦，但我知道，这是对自己至关重要的一年，新一轮的战斗已经打响，我是没有退路的。今天，我要思考的是应该怎样过好这一年。

第一，我应该更加细心。目前我在最注重文字准确性的部门从事着专门的文字工作，除了自己把好关，没有任何人有义务再为我修改错别字了，这一点必须十分清楚。2007年在文字上出过许多不该出的错误，领导包涵了，自己甚至没有意识到；2008年就不能再有这样的事情发生了，因为自己已经不是一个新同志了。要知道，这样的问题会严重损害自己的形象和威信，会使别人对自己的能力产生怀疑。今年的目标是：在文字和格式上成为范文，决不能把问题上交给领导或别的同志，这是首先必须做到的。

第二，我应该更加勤勉。做文字工作，就应该有德国人的那种严谨，文字水平力求最高，格式和规范无可挑剔。我既然选择了这里，就决不能再以别人如何敷衍工作来对比现在的刻板了，要知道这种刻板是几代人“字警”一以贯之形成的，是一种光荣的传统。既然我来了，就要适应这种风格，甚至发扬这种风格，决不能敷衍了事，自己不满意的东西决不出手。勤勉还要表现在多出成果上，客观地讲，自己在理论文章和综合调研方面是有一些优势的，问题是这些优势如何通过源源不断的调研成果表现出来，如何让自己已经想到甚至已经有了一定程度思考的东西以文章的形式固定下来，否则这样思考的价值又怎样体现呢？那天与老朋友谈的不正是这个问题吗？很多时候，自己的惰性伤害了自己的希望，甚至工作的快乐。为什么不可以更充实一些呢，不让自己的回忆少一些遗憾呢？再补充一点，大家都在说，现在老人帮我带着孩子，我又没有小孩的拖累，又正年轻，正是该放手工作、放手创造的时候，如果再过一两年，老人的身体、小孩的学习这样的压力一一降临，到时候后悔又有什么用？因此，我决不能放任这样宝贵的时光流逝，要再对自己喊上三遍：“勤勉！勤勉！勤勉！”

第三，我应该更加自如。我本来要说“豁达”，但实际上自己有时过于粗狂；我想换作“稳重”，又怕自己更拘谨。写成“自如”二字蕴含了以下意思：一是不能太随便，这是个干活的地方，闲话能少则少，越少越好，否则难免自取其辱。二是不要太内向，领导也需要适当的沟通、交流，不要被自己的自卑紧紧裹住，该交往便交往，注意方式就行。三是不要太谦卑。应该谦虚、谦和，但不要谦卑，没有必要，你尊重自己，别人才会尊重你。让人欣赏，要靠真本事、真品行，不要低三下四，否则自己回忆起来都脸红。

第四，我应该更加“洁净”。要抛弃一切坏习惯，为自己的儿子做好榜样。如果一个人连自己的孩子都不喜欢、不崇拜他，这个人的人生绝对不算成功。这一点十分重要。另外，未来社会对公务人员的要求越来越高，监督越来越严，一言一行不慎就可能成为社会谴责的目标、众人指点的笑料，唯一的办法是洁身自好，不越雷池半步，在家里做好父亲，多给儿子一点爱；闲暇时候，抓好学习，不要只满足于做杂家，要做专家；上班时间做好本职工作，业务强一切才有基础。

就这些。记住，并且实施了才算数。

当然，少玩手机。

一天中的一年

第一遍闹钟是六点二十分。大部分时间是妻子起床准备早餐、送孩子上学，在他们的蹑手蹑脚和匆匆忙忙中，我往往还可以睡一个温暖的回笼觉，直到第二遍闹铃在七点十分响起。

早晨也是从春天开始的。从家到单位这三千米，正适合每天步行去上班。打开单元门，迎面便是温和又凉爽的晨风，院子里的灌木蓬蓬勃勃地顶出一簇簇的嫩芽，柳树摇摆着缀满浅黄叶子的枝条，几树玉兰花华丽地绽开了。樱花含苞待放，只有短短长长的一些嫩芽，从深红的枝干上渐次露出头来。我贪婪地看道旁每一棵樱花树，心中揣测它的颜色，暗暗祈祷它开得缓慢一点：虽然盛开时确是热情万端、绚烂如云，可是只隔一个周末，再踏上这条路时就会看到所有花瓣全部凋落填满了树坑，我不愿看到这一幕，因为那时虽然春已盛，虽然道旁“百紫千红花正乱”，但却“已失春风一半”了。春天，总是太短太匆匆！

路上总会固定遇到一些人：立交桥底下那个永远叼着旱烟袋的修自行车的瘦小老汉，过马路时依然手持手机看剧不停歇的长发少女，未开门的汽车销售店门口独自一人伴着《荷塘月色》起舞的老妪，公交车站推着小车卖煎饼果子时刻观察城管动向的小贩，药店门口大口吃着包子等待开门的店员，围成一圈喊着口号的即将开始发广告的房产销售员，以及那个一年四季光着膀子跑步的精瘦的中年男子……他们迎面而来，又擦肩而去，他们每天都变，却又始终不变，和这个城市的车来车往、云卷云舒、阴晴雨雪一起成为每天上班路上的背景。

八点之前我会走进单位大门。这个单位，和许多其他单位一样，其优势和劣势都显而易见，但无论怎样评说、爱或不爱，它都按照设定的规则缓慢而坚定地运行着，我只是这架机器上的一个零件——“螺丝钉”，给我一个安身立命所需要的最低的物质基础。这里的人，熟悉或者不熟悉，楼道和电梯里可以轻轻招手致意，办公室和餐厅里可以适度交谈，午间乒乓球台上还可以抽杀呼喊，其中还有很多宽厚善良的长者，很多睿智平和的同龄人，有血有肉，真真切切。在这里我像个农民一样，把分给我的工作当成我的庄稼，不误农时，精耕细作，争取更好的收成，让我和家人有饭吃，也让更多人有饭吃。我也珍惜田间地头休息时的闲暇，喝一口发苦的酽茶，挥一把满脸的汗水。不远处的车马喧腾，不管他是投机倒把、发财致富的商人张三，还是费尽心机、贪污受贿的官员李四，我都不会羡慕。

每天下午五点半会准时接到一个电话，妻子告诉我她要出发了。她每天上午绕一圈送孩子到学校，孩子下午放学自己回家，所以下午她要绕一圈来接我。我的回答总是不用，我想走回去，她的理由很多，例如为了不让我戴耳机以免将来耳聋、为了让我帮她拿东西、天气不好会下雨等，然后下午六点左右我的手机会再次响起，按照约定这个电话不用接，我关电脑下楼，她会准时出现在大门口。然后她换到副驾驶，我边说着“下次停车再靠边点”一边开车掉头。

晚饭后是学习时间。我们读书，儿子写作业。最认真的肯定是儿子，作业量确实比较大，虽然没有其他家庭夸张到夜夜十二点，但是写到十一点是家常便饭，经常累得牙都不想刷就倒头睡下，直到第二天六点二十五被叫醒。也许对孩子来说，最不能忍受的还是那些苦口婆心的危言耸听，这样的戴着温情面纱的“恐吓式关爱”从幼儿园就开始了：主题只有“你可要认真学习”，状语从“明年就大班了”，到“明年就小升初了”，再到“明年就考高中了”，甚至“下月就要期中考试了”“下周就要月考了”……我们身陷矛盾甚至痛苦之中，一方面我们更希望他快乐健康阳光，另一方面又担心他若不更优秀些将来生活如何更加幸福。我们的争执便常常因此而起，她批评孩子时我觉得要求过高显得无厘头，我批评时她又嫌方式太粗暴内心受不了。晚上孩子睡了，我们彼此的气还未消完，背对背睡下，直到有人想起孩子的某个小小进步——“语文老师这节课表扬他了”，或者“昨天他数学作业又是 100 分”，于是春风化雨，两个人就又开心了。

周末只有第二遍闹铃，我会选择回趟老家。上午吃过早饭驱车上西宝高速，中午之前就可以坐在家里了。当我疲倦、郁闷的时候，那里是我放松休憩的最好选择。到家母亲的第一句话往往就是："咱吃啥?"我往往会在搅团和燃面中选择。小时候，麦面少，记忆中早饭是玉米面糊糊，午饭是玉米面搅团，晚饭又是烩玉米面搅团，我的胃由此对玉米深恶痛绝，所以今天吃的搅团也要麦面做的，更多的是回味一下那种感觉。后来粮食够吃了，每天都能吃到母亲擀的面条了，但第一碗捞干的给作为主要劳力的父亲，第二碗捞干的给上学的我，剩下她和弟、妹只吃一点汤面条，爱吃捞面条和吃汤面分别成了我和弟弟保持到今天的习惯。

面下好了，还要端到门口蹲着吃才正宗，我们那里的方言叫"圪蹴"，遇到门口过往的村人还要招呼"吃了没?在这盛一碗吧!"如果邻居家吃的不一样，还会交换着吃一碗。可我胖了，已经蹲不住，得坐凳子了，而且村子里的人已经很少了。于是我挨着父母安静地坐在门前的太阳坡里，边吃边听他们讲最近村里又发生了什么事。村里留下的都是老人和儿童，最经常发生的就是谁家的老人又去世了，谁家的孩子又被接到县城上学去了，村里的小学只剩七八个孩子了。太阳底下晒得晕晕乎乎的，再在炕上躺一会儿，给父母留点钱，我就又该出发了。车发动了，挥手和父母告别，父母重复着每次同样的叮嘱：开慢点、平常和娃吃好些、晚上早点睡别看那么久的书，我一句一句说着"好、好、好"，不好意思解释我现在晚上看书少了，换成整夜看手机了。

这几天西安下了今冬以来最大的一场雪，等雪停住后孩子也放了假，关了早上的闹铃，突然发现春节已经近在眼前。很庆幸这一年就要结束的时候，除了鬓角的白发稍微多了几根，心里不像前几年那么轻飘飘的惶恐，细细思考原来是因为收获了许多的恩惠和温暖。

我要感谢家人，你们给了我模模糊糊却又实实在在、简简单单却又真真切切的幸福，让我体会到人生的意义、生命的本质。

我要感谢朋友们，与他们在一起的每一天，都能品尝“与有肝胆人共事”的快乐。

我要特别感谢母校西北政法大学，又一次接纳了我这个木讷愚钝的“老学生”，录取我为2015级博士研究生。在长安南路300号，我又一次次走过二十多年前走过的那些道路，一次次走进虽略显陈旧但依然巍峨的图书馆。书库里，翻出一本19世纪80年代出版的《牛虻》，恍然又是躲在新西楼504室废寝忘食、一目十行的情景，最后几页上几点水渍，莫非正是少年的我留下的几滴悲伤的泪痕？

过年了！给儿子买了他期盼已久的山地车，回家路上他激动地摁着车铃：“过完年你们不用送我，我要自己骑车去上学了。”这是一个自立自强、特别懂事的孩子，看着他的背影，我在想，明年的第一遍闹铃应该设到几点？

偶尔风骚

面尚香关中面馆记

秦人素嗜面，后稷教民稼穑即有小麦种植，秦军纵横六国便赖锅盔抵饿。往事越千年，关中帝王都，英雄豪杰城头变换，升斗小民但求安然。

端一柄粗瓷老碗，扯一骨都生蒜，风卷残云，大嚼快咽，喝一碗汤，甩一把汗，打一个饱嗝，吼几声乱弹。这光景，就算圆满！

社会发展，沧海桑田，太平盛世，无饥无寒。山珍海味尝

遍，回味还是那碗燃面。惜乎面馆满街巷，好吃者寥寥。知之者则曰：此皆添加剂、色拉油之祸也！面白如雪而不筋，油多似水却不香。幸有小馆名“面尚香”者，可解此馋，可消此憾！

欲有好面，须得好麦。面尚香所用小麦全部来自关中农家，金秋白露下种，次年芒种收割，越二十四节气之十九，吸二百一十天日月精华，蛋白质、脂肪、钙、磷、铁等含量均远高于稻米，并由民间磨坊磨制，杜绝一切添加剂，随用随磨，绝不增白，无须防腐，故能口感筋道，麦香浓郁，淡而微甜。

好面离不开好料。为求口味纯正，面尚香之油选用土法压榨菜籽油，肉只买上等纯瘦肉，菜确保当天新鲜菜，不惜成本，不厌其烦，不欺己心，不负食客。加之秘方熬煮，精心烹制，自然滋味囧异别家。盈口的是熟悉的故乡味道，走心的是难忘的童年影像，且食之，静思之，能不恋之?!

事在人为，做面亦然。人善则上天庇佑，朴诚则遇事皆安，此虽小馆，主之者温和谦让，朴实坦诚，自幼而长，勤奋担当。其扎根西安二十载，含辛茹苦，博采众长，渐有“面尚香”关中面馆多家：其一位于方新村盛龙广场盛龙新街中段，其二位于东郊建工路中段，其三位于太白立交东北西荷美食街中段，其四位于太元路中段（啤酒厂北门向东 300 米），其五位于凤城八路熙地港购物中心五楼，其六位于永松路与光华路丁字口东侧，其七位于东关正街九号幸福逸家 C 座一楼，其八位于三森家具城南门对面华城柏郡。今其新店开业，因以为贺，时在乙未甲申处暑次日。

我的青春， 我的责任

公元前117年，少年将军霍去病24岁，虽然他不久后就马革裹尸，但已经马踏匈奴，名震塞外。

1896年，梁启超24岁，他在上海主编《时务报》，在长沙主讲时务学堂，为维新变法鼓吹呐喊。

1921年，周恩来24岁，他离开自己创办的觉悟社赴法国求学，创立了欧洲共产主义小组。

热血奔涌、慷当以慨，激情澎湃、一往无前！

这就是青春的力量，青春谱写了恰同学少年、风华正茂的豪迈，青春燃起了驱逐黑暗、重建光明的火焰，青春激荡了改变贫穷建设中国的热潮。

2000年，我24岁，我站在窗口皱着眉头唱“最近比较烦、比较烦、比较烦”，“不让我的眼泪陪我过夜”，也许这就是伟人与凡人的区别。我叹息：这就是我的青春吗？我的青春不也同样活泼、敏锐，同样生机勃勃，同样一往无前吗？

但青春的我就是坐在安乐窝里，安享国泰民安、经济发展，唱着无聊的歌曲吗？不，放眼看看世界吧，当欧美人以开着自家的直升机翱翔在蓝天上为时髦时，国内许多地区的人们仍把拥有一辆“90 摩托”作为小康的标志而发出由衷的赞叹。还有人一生一世锁在大山里，甚至不知电视为何物，还有人为吃穿发愁，为孩子上学流泪，你会知道我们的中国还很穷，很落后。我们的祖辈用热血洗去近代中国的耻辱，消灭了剥削，成立了新中国。我们的父辈用汗水在一穷二白的基础上，浇灌起一片希望的热土，今天我们这一辈应该怎样去做?

我们都是最平凡不过的人，我们的青春无法成为历史的注脚，但是中国人讲众志成城，全中国的青年都振作起来，绝对可以改写历史。即使每人是一棵草，也可以让中国的土地更加滋润；每人是一朵花，就可以让中国的风景更加美丽。每个人都把自己的青春和热情投入到自己所从事的工作中去，更多一点创造，更多一点奉献，中国就能更早一天文明富强。

交通是经济的命脉。我是一名年轻的高管局职工，我的责任是确保道路安全畅通，保护好道路不让任何人破坏。我如同祖国体内一个保护血管的细胞，保证血液顺畅地流通，供给祖国足够的养分。我很微小，但我的责任重大。我的工作能力还很欠缺，我的知识还很不完善，我不能空虚，更不能马虎。我将用我的一言一行一举一动，把青春挥洒成祖国前进洪流中的一滴水，也许没有人会发现，更不会有人知道，但我仍将努力。

一个伪文学青年的阅读史

叶灵凤的文字，我读的并不很多，但他的一句话我却记得特别清晰并且引为至理。他在《书痴》一文中说，真正的爱书家和藏书家，必定是一个在广阔的人生道上尝遍了哀乐，而后才走入这种狭隘的嗜好以求慰藉的人。我当不了藏书家，但可以自诩为一个爱书人，我以亲身体会真切验证着叶先生的说法。

爱热闹应该是人的天性吧，不仅是交流信息的需要，而且因为在与人的互动中，可以明白自己的位置轻重，这便是那种所谓“存在感”的东西。我小时候也很骚情，也爱扎势，也热衷于胡折腾，可是两座大山死死压来，终于把我从冥顽活泼异化成沉默寡言。第一座大山就是穷，人穷志短，马瘦毛长，老祖宗的话说得实在透彻。从你记事的那天起，生存的压力就清晰地笼罩在你四周，与别人的差别也时时在培养你的自卑，你还蹦跶得起来？

另一座大山就是丑。穷不可怕，很多著名的摄影作品，专门拍大山深处甚至非洲穷苦处的孩子，并且深情地赞叹他们眼神清澈如同天使，可那拍的都是虽穷但美的，最起码都是大眼睛、高鼻梁，对于又穷又丑的塌鼻子、眯缝眼，恐怕生怜悯的不多，生厌恶心甚至恐惧心的更多些。我妈告诉我一个例子，那一年，我和村里另外两个小孩次第出生，过了百天，几个妈妈便都抱着孩子在村口大杨树下聊天，或许也有“晒娃”的意思，正好地里干活的村人们下工路过，纷纷围上来逗逗小孩子。第一个记工分的老张家的孙子小小张，生得白白胖胖，包在红缎子的抱褥里，大眼睛一眨一眨，人人都要上去逗逗。这个说，这娃将来能当解放军，最起码也是个连长；那个说，我看能当国家干部，四个兜，再别两根钢笔，比他爷还有权力。第二个是生产大队副书记老王家的孙女小小王，包在绿缎子的抱褥里，那娃有些瘦，好像没劲，眼睛一直闭着，头发又黄又稀，但大家也都热情围上来，你一言我一语：一般小时候不好看的女娃长大了就特别好看，要不咋说“女大十八变”呢？这娃长大了绝对心疼，一定能嫁到城里去等。第三个是我妈抱着黑布褥子裹着的我，不知是乡亲们看完两个小孩都累了还是仅有的赞美词汇都用完了，他们直接无视或者简单打个招呼就从我们身边走过去了。我妈说我当时小眼睛睁着四下咕噜噜乱看，虽说比不上小小张，但很有活力，比小小王绝对好看不止一点，也没人上来表扬一下，因此心里很是不平，就在我屁股上掐了一下，尚在襁褓中的我立即领会母亲意旨——也可能是真疼，大声地哭起来，声如洪钟，有的善良一点的乡亲抹不开面子，勉强回过头来看我一眼，表示一下关心，然后叹口气：

“这娃咋黑成这个样子！”更善良一点的乡亲怕我妈脸上挂不住，安慰说：“这娃虽然黑，但看着有劲，将来在咱生产队种庄稼绝对是一把好手！”我妈说她当时气得不行，忍不住又掐了我一下。

长大点后我曾给我妈提意见，为啥把我生得这么丑，学校合唱队也不要我，文艺汇演也不要我，老师也没人喜欢我。我妈说，她怀我十个月没有一天吃饱过，八个多月还要下地干重体力活，没把我生在打麦场里就不错咧！可见一个小孩子的成长环境实在是很重要的，他如何解读这个社会最初的温度，如何确定自己的位置所在，很大程度上取决于“综合家力”。我自己也曾努力过，好多次刚要得瑟，“穷”和“丑”这两道“自黑神符”便会悄无声息地贴上来，让我立即遁出原形。记得曾和小正太小小张就太阳大还是月亮大激烈辩论，我说“太阳大”，小小张说“八月十五月亮比太阳大”，正争论得不亦乐乎，观战的小小王鄙夷地说：“小小杨，你赶紧别说了，你裤裆都烂了！”我看一眼小小张崭新的咔叽布裤子，立即败下阵来，捂脸跑开。

幸好，读书救了我。先是好奇心，我翻开祖父保存的半本《说岳全传》，虽然全书破败不堪，虽然只有下册，虽然很多字不认识，我依然看得津津有味，也许吸引那个小学二年级学生的，是那超越春耕秋收、赶鸡撵狗这些日常琐事的宏大叙事，是关于伟大的、激越的人生的最初想象，是深藏在心中的“我知道了而你们都不知道”的优越感。

那时，农村只能偶尔见到残缺的《金光大道》《艳阳天》《大刀记》之类“文革”期间出版的书，只要我能拿到手里，哪怕只有一小时，哪怕我其实完全看不懂，我都会郑重地坐在门墩上，或者碌碡上，或者草垛里，沾着唾沫，仔细地、一点一点地翻开那已经水渍烟熏虫蛀的纸张，一个字一个字地看下去，那些“高大全”“红光亮”的文学形象轻轻走进了我的脑海，他们一个个义正词严、爱憎分明、坚持原则，时时都在运用着斗争哲学，对自己的要求高之又高、纯之又纯，狠斗“私”字一闪念。我想，如果当年能看到一些更好的书，也许对自己的人格塑造会有更大的好处，但是，在那个物质匮乏精神更匮乏的年代，要看到一本书是多么艰难的一件事。为了看同村同学几本破旧的《少年文艺》——那是他哥哥姐姐看过的，他家人让他看，他不喜欢看——我在他家菜园子里义务干了三天活，只有干活的间隙可以看一会儿书。

但这依然惹恼了那个同学，因为他的家长看到我想办法找书看，而他却有书也不看只顾玩弹球，就批评了他，他一气之下，撕毁了“干三天活借两本书”的君子协定，我哭着跑回了家。我千方百计找书看，就像一只贪婪的白蚁，见什么吃什么，家里的《毛泽东选集》、糊在墙上的报纸，甚至农药说明，还有高年级学生学完的课本，只要有字的东西，不管能不能看懂，我都想看看，都想尽量知道。现在想起自己小时候对书的痴迷，以及为了借书所做的那些糊涂事，常常觉得不可思议。但是，我也深深感谢生活把我逼迫到一个狭小的角落，使得我发现了很多人发现不了的珍宝：也许是冥冥之中，自己就在那个时候得到了神秘的昭示——文字的背后是文明，是更广阔的世界，你要过和前辈不一样的生活，你要使自己和别人有所不同，只有通过书本这个桥梁。

20 世纪 80 年代，文学在社会上的地位非常高，其影响力甚至辐射到了我们那个闭塞的地方。上小学时，我们村里上初中的三娃在县教育局组织的作文竞赛中获了奖。这当然还远远称不上文学，但在杨庄实在是一件空前的事情，村民们传统的文字崇拜观念第一次找到了最为现实的突破口。

全村的人或相约或轮流到那家里去说一些赞美的话，三娃的父母醇厚地笑着，谦虚着，最后应大家的要求，他们会打开柜子上那个红色的小木箱，取出一个手帕包裹着的东西，郑重地打开，那是一本油印的小册子，在中间的某一页印着署名为“三娃”的一篇作文，大约三四百字。离得最近的人接过来，边啧啧赞叹着边仔细从上到下端详，大家立即凑上去，边睁大眼睛看个清楚边附和着赞叹，过了半天，拿着书的人抬起头说：“我不认字，哪个字是三娃的名字？”大家面面相觑，目光都落在了戴眼镜的村会计脸上，村会计略带点矜持地接过小册子，掐灭了香烟头，在别人让出来的凳子上坐下，先全文浏览了一遍，然后指着三娃的名字说：“这不就是嘛……你还上过夜校呢！”被批评的人讪笑着：“我在夜校就学了男女和我的名字五个字。”于是在大家的强烈要求下，会计把那篇作文念了一遍。念完后，所有的人都点着头，喃喃地说：“写得好，写得确实好！”然后当晚，全村的孩子们包括我都受到了一次极其严肃的家庭教育。

上了初中，学校都在传说有个同学在报纸上发表了一篇文章，沉默寡言的他迅速成为学校里的偶像，同学们为他演绎了很多传奇，他成了几乎所有女生的男神。

在这样的气氛和环境里，试图引起别人注意的我，心头的一颗种子也在慢慢发芽：当偶然有几次，我的作文被老师当作范文宣读后，那颗种子悄悄地落在心里深处，悄悄地、缓缓地膨胀、发芽。那个阶段，读书渐渐成为一种风尚，尤其是在女生圈子里，先是琼瑶，然后是三毛，紧接着是席慕蓉，其间还夹杂着一些港台的作家。对男生而言，武侠小说更早流行开来了，梁羽生、金庸、古龙，混杂着各种山寨的金堂、全庸、金唐、金庸新、高庸之类。但奇怪的是，这种潮流的东西虽也看过一些，但从来没有吸引过我、打动过我，甚至我对它们还保持着某种排斥，或许是因为在我脑海里，流行总是和新潮、漂亮、美丽或者富贵之类的意象联系，而我这个阴影下贴着泥土生活的倔强孩子，怎么会陡然忘了自己的角色去追逐那些东西呢……隔一段时间，我就会认真地誊篇作文，找个别人不太注意的机会，快速投进邮箱，那厚厚的信封上，写着《中学生作文》之类的杂志或者报纸的地址，有时候也会是电台的地址。我看到书上说，某个作家曾经积攒了数百个退稿函，贴在房内激励自己，最后终成大器。遗憾的是，我的学生生涯里，不仅文章没有发表过一篇，连退稿函也没有收到一个。

高尔基说，书是人类最好的朋友，而我那时最好的朋友给我带来了最早的一批好书。他姓高，在县城附近镇上长大，瘦瘦高高，卷头发，牛仔裤，有着浓浓的文艺气质，每周到学校都带着几本新书。他还有当时学生中罕见的随身听，装着罗大佑或者小虎队的磁带。我当时没有想到，同学眼中最为阳春白雪的他会和我成为好朋友。当时简直无所不知的他，总是利用下课后的时间给我补习一下文学知识。当讲完一本书的内容和自己的看法之后，他最常说的一句话就是："这本书我有，我下周给你带来。"他的无私与慷慨让我感动不已，也获益匪浅：他给我带来了《悲惨世界》《平凡的世界》《白鹿原》，还给我带来了《名作欣赏》《人民文学》。放假前更是常常给我带来一捆书："这些书我都不要了，是我淘汰下来的，你一定要拿上。"他还给我听流行的音乐磁带，教会了我的第一首流行歌曲——《东方之珠》。但遗憾的是，当时由于学习的压力，他推荐给我、带给我的好多书都没有时间读，有的甚至在课桌上躺了几天就又还给了他，因为在千军万马走独木桥的巨大压力下，读书和上学的功能已经明确分化。梦想着利用高考改变个人命运的农村少年，即使对书有着再强烈的热爱，随着年龄的增长都开始更多地参与农业生产，那种原始的耕作方式带来的，不仅是稚嫩肩膀上越来越难以忍受的磨难，更有年轻心灵中越来越强烈的走出去的愿望。有书读却不能读，这真是一种人生的无奈啊！

终于上了大学，走过方方正正的图书馆，心里充满喜悦：

这下可以酣畅淋漓地看书了！像许多同学一样，我也从家里带来一个木头做的小书架，放在床上靠墙的地方。最底下的一层，是当年度的课本，政法绝大多数老师都不布置作业，因此除了上课很少动它们，简直是对苦学的中学时期的一种补偿。中间和上面的一层，都是我的“闲书”，隔一两个星期，就会从图书馆中寻找出那些耳熟能详的名著，整齐地摆在最上面，一盏15元钱的红色小台灯夹在书架上，映照着捧书斜靠在被子上的我如痴如醉的脸。虽然有一段时间放在最上面的是英语书，但庆幸的是大二就过了四级，它们也就被弃如敝屣。我也顺应潮流在床周拉上一道帘子，更是“躲进小楼成一统，管他冬夏与春秋”。有时候，那些来自书中的情绪会猛烈地冲击我的头脑，我会流泪，会叹息，会按捺不住地拉开上铺兄弟的帘子，滔滔不绝地讲爱丝梅拉达和卡西莫多，讲柔弱的青年亚瑟如何成了坚强的革命者牛虻，大声朗读书中的人物独白，感慨人性的复杂与命运的无常，近乎癫狂。幸好宿舍兄弟们宽容且有涵养，他们会耐心倾听。直到我的激情消退、心灵平静，才发现他们虽然不停地点头配合我的表演，实际上早已戴上耳机，听到的是《同桌的你》和《笑脸》。

周末，最好的去处就在学校周围。睡到自然醒，在早上吃完饭，出校门右拐就是古都政法书店，可惜几乎全是专业书。再往前走又有一家书店，名字已经忘了，年轻的老板胖胖的，声音轻柔温和，书的品位也很高。我常常流连其间，但由于囊中羞涩，人也比较羞涩，只能把新进的书拿在手里摩挲再三，犹豫再三，在老板的眼神还没有变得更加坚硬之前，轻轻退出去。再向前走不到一百米，小南门右侧，是两家租书的地方，那里除了大量的武侠、言情小说外，还有被翻得破烂的“新书”，我租看了其中的大部分，例如《情爱画廊》《无雨之城》之类，以及铁凝的“三垛”——《麦秸垛》《棉花垛》《青草垛》。一天一毛钱，很多都是囫囵吞枣看的。从杨家村口左转，师大路上的书店也很多，几乎三五步就有一个，一家一家翻看过去，到不了师大西门，腿脚也累了，该回去了。往回走时，会见到摆旧书摊的，翻看大半天，买一本或者在租书铺子租一本刚才选定的小说，回！

工作后，不管在哪个岗位上，我从来算不得最优秀，但应该可以算作最敬业的，全副身心投入：虽然工资可怜到不敢跟同学朋友提起，但工作十几年几乎没有休过年休假，加班加点是家常便饭，一个月总有几个通宵加班；连结婚都没有休假，办完婚礼第二天就上班；老婆生孩子没有休假，儿子出生在夜里，白天我还在单位值班，第二天照常上路巡逻。但谁让咱选了警察这一行呢。工作第一，读书当然只能放到第二位，要看也只能是自己工作中急学管用的书。但只要有机会，只要看到自己喜欢的书，我总想办法买下来。这时候我关注、喜欢的，已经不是小说、散文，而主要是历史和社科综合类图书。买回来的书，放在枕边，放在厕所里，车上也放一两本小册子，虽然没有大段时间阅读，但我离不开书，白天书给了我安全感，晚上没有书我睡不着。

突然有一天，在单位填表的时候，才发现自己不得不在名字后面写上那样大的一个数字，意识到，一不小心自己马上就要步入中年，当年的小小杨已经开始慢慢变成“老杨”了。对着镜子端详半天，忧愁弥漫开来，心情久久不能平静。好在事有一弊、必有一利，我的工作岗位不久之后有了调整，基本可以有一个正常的休息时间，不用再那么拼命了。

家人和朋友都说，现在我该学会放松了，也可以注意一下养生。我学不会打牌，又实在喝不了酒，也没有运动天赋，所以基本都是宅在家里，也算是弥补一下前些年不能陪家人的遗憾。我泡一壶茶，打开电视，第二天却再也不想看了——新闻时段，正气凛然，慷慨激昂，阳光明媚，心情愉快；一到娱乐时段就突然庸俗起来甚至弱智起来，不是手撕鬼子的无聊意淫，就是刻意做作的家长里短；到了深夜时段简直猥琐起来，不是明目张胆、骗人的所谓收藏珍品推介，就是不厌其烦、毫无廉耻的性病人流。媒体本来也是教化的工具，居然人格分裂到了这样的程度，简直让人匪夷所思、痛心疾首，这种节目居然还要人每月交收视费，中间再夹杂各种把观众当成弱智的广告，简直让人失望又生气！唉，也许读书才是最适合自己的休闲方式。

好久不进书店，想要去时才知道这座城市里最著名的几家书店已经先后倒闭了，只剩下一两家苟延残喘。周末的上午，我怀着几乎神圣的心情走进其中一家规模比较大的书店，无视那些用明显编造的心灵鸡汤给人打鸡血的所谓成功学教材，放下那些穿越小说和官场小说，我在这里不同的书架上找到了很多老朋友、新朋友，也看到了一些可敬的读书人。

文学评论的书架下，一个瘦小的老人，坐在一个自带的小马扎上，他捧着一本书看得入迷，头深深地低着，只看得见他满头的白发和头上用来绑眼镜的一根布带子。突然，他的肩膀轻轻抖动起来，终于抬起头来，一只手捂着嘴，但依然跑出来一些笑声，也许是看到我的注视，老人为自己的失态有些不好意思。他把正在看的一本书的书名亮出来，他放在腿上的，好像是一本关于余秋雨的文艺评论集，他连绵不断的笑声里夹杂着这句话："你可以批评人家，但不能骂人呀!"然后又埋下头去，深深沉迷在书里面了。我想，若干年后，坐在这里的、满头白发的，会不会是自己？真希望到时候还能像这位老人一样，保持一颗善良而纯粹的心。

在世界名著的书架下，坐着一对衣着朴素的母子，孩子大约四五岁，拿着一本少儿类书不停地问着母亲，母亲一手拿着一本已经翻开的厚厚的书，一只手比画着，压低嗓子让孩子别出声。我走过去的时候，年轻的母亲发现我正要走过去，飞快地把腿往回收给我让路，同时把孩子的腿往里拉了一下，眼睛里带着"挡着您了"的歉意。其实那过道足够宽，坐在过道看书的也不止她们母子两个。我经过时，那个年轻母亲赶紧低下头，看不见她的手上拿着什么样的书，也许她是有意这样子的。她的脚上，是一双这个城市街上已经很难见到的手缝的千层底布鞋，红色带花的鞋面。多年的警察思维告诉我，这个少妇一定来自长安区的某个偏远乡镇，她有个爱书却无法读到书的童年和少年，还未成年就开始劳作，然后嫁人。今天她鼓足勇气，借口给孩子买书走进了大城市的书店。虽然最终她也许因为怕村里人、家里人笑话，不会也舍不得买一本自己喜欢的书回去，而只会给孩子买几本，但终于坐在这个被书围绕的地方，这个梦想多年的圣地，她的内心是怎样的羞怯又欣喜啊！

下午，我提着买来的书走出书店。街上的人汹涌澎湃，印着各种名牌标识的手提袋到处漂流。破帽闹市不遮颜，我的心中坦荡而喜悦——手中的塑料袋里，是我一周的精神食粮。今夜，在我那间狭小的书房里，可以和古人聊天，可以和大师交谈，可以欣赏最壮丽的世界，聆听最深邃的思想，在那里，我拥书自雄，我是我的王。

这个感觉，倍儿爽！

城里来的玉珍姨

周末开车回老家，路过县城的时候想买点水果，就找了一个路边摊停下。正和摊主讨价还价时，我的肩膀被重重拍了一下。回头一看，一个高高瘦瘦、衣着朴素的中年妇女，很大声地叫我的小名。我飞快地在脑海里检索，试图把这个人和我以往的生活片段，尤其是和这个县城的记忆连接起来，但半天也没有结果。看到我的疑惑，中年妇女又很大声地笑起来："怎么现在成了省城人，连你姨也不认识了？我是你玉珍姨呀！"

"玉珍姨？"

"对呀，你来成叔家的！"

对了对了，我的记忆连接起来了，脑海中的画面一下子鲜活起来。

来成叔，对，说起来他还是我一个远房本家，当年我们村里长相最精神的小伙子，性格特别好，待人和善，说话不急不慢。我们两家离得很近，只隔了四五家人家。那是很多年前了，得有20年了吧，我刚上初中时，来成已经高中毕业，没考上大学，家里经济困难就没再考，在村子里晃悠了一段时间，就到县城里打工去了。过了一段时间，有一天，母亲告诉我："你来成叔在城里自由恋爱娶了一个媳妇，个子高，很漂亮，刚带回家里来了。"

那时候的农村，落后闭塞，封建保守，缔结婚姻的主要方式还是媒妁之言，互相娱乐的方式主要是说家长里短，自己"自由个城里媳妇"是村里旷古未有的新鲜事情，好奇的我们自然要去看看这个"西洋景"。

来成叔家仅有一间屋子，本来就不大，已经挤满了妇女和小孩，简直可以用无立锥之地来形容。炕上坐着一个长头发的姑娘，长得很端正，大大方方地笑着，略带点外地口音，回答着妇女们带着好奇、关切、羡慕，甚至怀疑和嫉妒的"盘问"：叫啥名字，多大年龄，哪里人，家里还有谁，在哪里上班，等等。来成叔和他妈站在旁边，根据对提问者的不同用意的判断，时不时帮个腔。在我多年的乡村记忆中，类似的盘问场景是每个新媳妇作为陌生人融入新的乡村环境所必须经历的环节，是这个村子对新人物的第一次面试和考量。

这就是玉珍姨。关于她的信息很快被村妇们汇总起来分析、讨论：一个外地人——我们那个关中小村虽然偏僻，却有着天然的排外传统；是家里最小的妹妹，从小跟当干部的大哥一起在城市里生活——真的是个城里人呀；他大哥调到我们县里来当领导——这么厉害；在县城干临时工时认识了来成——来成长得是好呀；可是好像他大哥坚决不同意这婚事——毕竟连成是个农民，老实疙瘩；玉珍的态度也很坚决，和他大哥彻底闹翻了，两个人的临时工都干不成了，所以一起回到农村——嘿，这农民可不好当呀！

容貌端庄、身材高挑的玉珍姨就这样为了爱情走进了我们村，他们没有一个稍微像样的婚礼，只是叫来了几家亲戚吃个饭、认个人。当然，玉珍的家人一个也没有来。一对新人没有单独的房子，来成的父母睡在房子角的炕上，一对新人睡在另一个角的另一个炕上，只是拉上了手织布做成的帘子。但是，一心就“只图连成这个人”的玉珍姨依然每天笑容满面，穿着花裙子，蹬着高跟鞋，开心地行走在小村凹凸不平的街道上。

“哎呀，我那时常到你家里去，你还是个小娃呢。”面前的妇女继续说。可怕的岁月呀！我终于把这个大大咧咧、满面灰尘的妇女和记忆中的美丽的玉珍姨合二为一了，有点迟疑地叫了声：“玉珍姨，真的是你！”

“姨老咧，你都不认识咧。”她仰起头来，咧咧嘴笑着，有些不好意思地说。“我那时和你妈关系最好。”是的，玉珍和我妈都是心直口快的人，那时她常常来我家。或许还因为来成他妈和村里很多人关系都不太好，玉珍在农村妇女中又显得那么与众不同。我记得曾经有个老妇女在村里公开宣传，说她曾揭开过玉珍的裙子，想看看里边还穿没穿衣服。这是观念陈旧的村庄对于一个敢于招摇过市的时髦女子公开的侮辱和警告。当然，玉珍很快就换上了和村人一样的装束，下地干农活了。收麦子的时候，为了省点钱，她和来成叔两人舍不得叫收割机来收，愣是顶着大太阳用镰刀一镰一镰地割完了七亩麦子，据说那时她已经怀孕了。

我记得我妈后来常常感叹：“玉珍真能吃苦呀！”玉珍总是说：“不能吃苦怎么办？来成善良温和，既不会坑蒙拐骗，又不会巧取豪夺，他父母身体又不好，地里的活要没人去干连吃饭都成问题。再说总要想办法盖一间自己的屋子，一家两辈人住在同一间屋子算个什么事，孩子生下来真成了三世同堂了。”

玉珍终于在院子里盖了一间小房子，紧接着生了一个女儿。听我妈说，玉珍对自己女儿非常疼爱，整天抱着女儿唱个不停，高兴得不得了，给女儿做了各种各样的小衣服、小鞋子，天天换新花样。玉珍的奶水不足，买不起奶粉，就买了一只羊养着，每天给女儿挤羊奶喝。

奇怪的是，日子再苦再累，玉珍从来没有抱怨过来成家里穷，没有说过来成父母的不对，倒是来成他妈对这个自己一分钱没花娶来的儿媳妇有些不太满意，例如说不会做饭、不会做针线活等。于是玉珍开始在家里学着做饭，农闲时间来跟我妈学纳鞋底子、缝补被子。玉珍说，来成他爸他妈就这一个儿子，也就自己这一个儿媳妇，这些要求都不过分，可以理解。

玉珍他妈的要求的确是严，对这个城里来的媳妇从来不苟言笑，似乎还有些不放心，玉珍一出门，他妈立即跟出来看去了谁家。按照来成他妈的观点，自己家里穷，儿媳妇年轻，串门可不能乱串，和自己吵过架的人家不能去，有年轻单身男人的家不能去，家庭状况比较好的人家不能去，所以玉珍姨几乎只能来我家串门了。按说我们两家家境都穷，我妈又比较厚道，可最终还是惹出事来了。

那年我家准备修缮房子，钱有些紧张，我妈四处借钱，不过我妈没有向玉珍开口借钱，因为玉珍自己已经够困难了。有一天玉珍有事不在家，来成妈突然到我家门前破口大骂，说我妈盖房向玉珍借一万元钱，惹得玉珍两口子在家里大打出手。我妈是个要强而口拙的人，被口齿伶俐的来成妈说得有口难辩，窘得恨不得找个地缝钻进去。第二天，玉珍又到我家来串门，看到气氛有些异样，再三追问下，一起做针线活的村人把前一天的情况告诉了她，玉珍流着泪回家了。

当天晚上，我们家人都已经睡下了，听到有人声音不大但很执着地敲着门，打开门一看，是玉珍和她婆婆两人。我妈赶紧把门打开，把她两人迎进来，让座倒水。玉珍说："大嫂，都是些误会，你别生气，我妈专门来给你道歉了。"玉珍的婆婆脸端得平平的，也不坐，冷冷地说："我没搞清楚，玉珍和来成在家里打闹着玩，我还以为是真的吵架呢，连带着把你给错怪了，给你赔个不是（方言道歉的意思）。"说完，扭头就走了。我妈表情复杂地看了一眼玉珍，重重地叹了口气："玉珍，你这娃呀！"

等到我逐渐长大、懂得一些人情世故之后，我才慢慢品味出这莫名其妙的一幕背后的故事：我家盖房缺钱，虽然我妈没有开口向她借，但作为同村"闺密"，玉珍姨自然是知道这些情况的，就想主动帮帮我家，来成不同意，两个人发生了一些口角，被来成妈听到了。玉珍知道来成妈来我家闹过之后，就让她来我家专门道歉。只是直到现在为止，我还想不通，善良豪爽的玉珍姨是怎样说服一生倔强、口不饶人的来成妈“登门道歉”的。但是从此之后，玉珍到我家串门的次数明显少了。

“走吧，到姨家里坐坐！”玉珍姨热情招呼着。哦，对了，那以后不久，玉珍姨的日子慢慢好过起来了。据说是哪一年她带着来成和女儿一起回了一趟老家，老母亲虽然对来成没有任何好感，但抱着外孙女哭个不停、亲个不停。然后，玉珍他大哥又想办法给她在县城里纸箱厂找了一个工作，不久来成也到县纸箱厂上班了，玉珍过上了县城里人的日子，从那以后我再也没见过她了。

我跟着玉珍进了一个单位院子，她一转身就进了传达室，我疑惑她是要去取钥匙，却见她不停招手叫我进去。原来这就是她的家?！分成里外间的传达室，总共不过十四五平方米，外面的大约六七平方米摆了一张桌子，桌上放着些别人还没取走的报纸和信件，还有一条木沙发，里面的一间只放着一张大床和一些杂物。空间局促但是很干净，东西摆放得也规规矩矩，“看我这狗窝，别嫌弃，快坐快坐！”我在木沙发上坐下，接过玉珍姨递上的一杯热水，当氤氲的水汽渐渐散去，才明白了眼前这一切的缘由。

原来，玉珍姨和来成叔刚到纸箱厂上班不久，企业效益就开始下滑，她和来成两个人必须有一个人下岗，他们赶紧求人帮忙，结果是来成下岗，但是单位家属院刚好缺一个门卫，可以让来成干，一个月只有几百元钱。于是这个传达室就成了他们一家三口的栖身之所，平时来成看门、玉珍上班，玉珍下班后来接替来成看门，来成出去跑“摩的”挣钱。

“你看，这是我娃的奖状!”玉珍姨拿出一个残破的文件袋，掏出厚厚的一摞奖状，一一展示给我看。看得出来，她的女儿非常懂事、非常优秀，奖状从小学一年级一直到初中三年级。“我娃去年考上了县一中，成绩好，都不用交赞助费。我现在一切都好了，娃就是我的希望。”说这些话时，玉珍姨的脸上堆积着真诚、幸福的笑容。

我被眼前这个坚韧的女人深深感动了。多年来，我这个挤进城市的农村人，渐渐被一种漂浮的暧昧的情绪俘获，我学会了不断抱怨：从社会的不公到小区里的狗吠，从人心的贪婪到食堂的伙食……我同这个社会上的许多人一样，深含着对于“被剥夺”的不满，谨小慎微地死守着已得到的，使自己世故，不再相信除了物质之外的任何东西，努力使自己远离高尚、努力学习自保。感谢这个女人，用她爽朗的笑声和不屈的表情告诉我，这个世界上，还有一种敢爱敢恨敢担当的生活，还有一种不屈服的、更有质感的生活，它和每月的工资数不成正比，它和级别职称也没有关系，它和衣服的漂亮程度、食物的精美程度更是没有任何联系。

回到老家，故园的树木依然挺拔葱茏，院子里的农具依然锃亮光滑，父母的叮嘱依然朴素得像几十年前一样：踏踏实实把国家事干好、把娃管好、注意身体。我突然有一种想流泪的感觉，我从城市带来的郁闷心情一扫而光。回城的路程轻松美好，迎面而来的风不再寒冷刺骨，而是带着温度和花香。我知道，我很庆幸地，又一次回到真正、真实的人生中。

文艺农民马跃进

午睡睡过了，头很晕，突然接到母亲的电话，说了一些家里的闲事。要挂电话时，她突然又说了一句：“马跃进，咱的老邻居，还记得不？在工地上出事了，从楼上掉下来，没送到医院就死了，今天早上已经埋了。”我一惊，睡意全无。

小时候，我家和马跃进家是隔壁，但两家的来往并不密切，因为我们两家在村上明显属于两个阶层：马跃进他爸识文断字，在生产队上当着小队长，属于村里的上流人，而我父亲是个文盲，人老实，干活又慢，经常被马跃进他爸批评，属于村里的底层。我们两家的主要联系是马跃进家在我家的老井里吃水。马跃进比我大十岁左右，自然也不会和我们这些鼻嘴娃来往，但这并不妨碍我对他的崇拜：马跃进的个子很高，长得也好看，头发梳得溜光，衣服穿得齐整，戴着一副眼镜，说话很文气，据说学习也很好，作文还在县上得过二等奖，大家都说跃进长大以后一定是个作家。马跃进作文在县上得奖是那一年我们村最轰动的一件事，那本印着他获奖作文的油印小册子在全村流传了很久，凡识字的家长都要借来看一下，并以马跃进为榜样教育一下自己的孩子，甚至像我母亲这样不识字的人都去找马跃进他妈把这本书借来，让我读给她和我爸听。我记得那作文题目叫《我的父亲》，写的是他爸在生产队怎么认真负责、对自己的教育怎样严格等。我念时，我爸我妈虽然对有些话听不太懂，仍然从头到尾赞叹个不停，一再地说：“写得真好！人家娃咋那么能行的！”

那时候每到放寒暑假，马跃进的同学常常会骑着自行车来找他，有时他家门口会停四五辆自行车，很有些车水马龙的意思。马跃进他妈来我家挑水、借凳子时，就会带着半是嗔怪半是炫耀的语气对我妈说：“这些娃们真能吃，我连擀了三案面都不够。”而我妈总是羡慕地说：“你家跃进真能行，四乡八村的娃都来找，我娃将来能有跃进的一半本事我就知足了。”这些同学中，一个漂亮的城里女同学最常来，每当此时，村里人就会生出十二分的羡慕：“你看，人家娃多能行，城里媳妇自己都找上门来了。”看到马跃进就会问：“不是她自由下的媳妇?”马跃进赶紧红着脸辩解：“再不敢这样说咧，那是我高中同学，来咱们这儿耍的。”

我和跃进有了更多的接触是在他第二年高考落榜后。那一年，跃进他爸突然得了高血压，瘫在床上，后来慢慢能起身了，但是说话还是不利索，支支吾吾的，再也没有了当队长时的精神。当时已经分产到户，跃进家的地也没人种，跃进的学生生涯就此结束了，开始和其他人一样下地干活，村里人刚开始时觉得有些惊愕，跃进也有些不自然。在适应从高中学生到农民的角色转换过程中，跃进很努力要继续保持原有的风度，但村里人对他的看法很快就发生了改变——大家很快就遗忘了他曾有的那些辉煌，甚至觉得他的行为与这个村子的生活有些格格不入。有人说马跃进下地干活还戴个眼镜，纯粹是胡扎势；有人说跃进耙的麦垄一点也不直，还是个高中生呢；有人说跃进那娃太傻了，居然当众说村支书在广播中讲话时念错字了。

马跃进对在农村的广阔天地里继续发挥自身才智做了很多努力。村里人经常看到他把厚厚的一封信交给邮递员，但从来没有收到来自外面的一封信。终于有一次他的一则介绍我们村春耕工作的通讯被县广播站采用了，还汇来一元钱的稿费，马跃进兴冲冲去找村支书汇报，结果被村支书大骂一顿：“写我村上的事竟然不给我打招呼，你好大的胆子！这个恶劣影响你要给我挽回！”

后来，马跃进再也不戴眼镜了，渐渐地，跃进也不再向外寄信了，用他妈的话说，那邮票不得花钱买？马跃进很寂寞。他爸每天含含糊糊地在屋里哼哼，他妈每天也絮絮叨叨个不停，跃进叹着气走到门口，站一会儿，没事干，就又回到屋里。村里来了钉称的、焊碗的，跃进蹲在旁边一看就是半天。很少有同学来找他了，那个漂亮的女同学好像还来过一次，当时他正在我家挑水，听说有同学来找急忙往外跑，居然摔倒在院子里，水桶里的水全洒了。但从此后就再也没有见过那个女孩，后来听说那女子考上了师范大学的中文系。农闲时节，村里人也很少找他闲谝，因为他不会打牌，又常说些大家听不大懂的“酸话”。

我当时已经上小学四年级了，由于连续有几篇作文被老师当作范文在班上读，激发了我对文字的兴趣，我对看书着迷起来。但家里除了《毛泽东选集》之外没有别的书，我就经常捧着《毛泽东选集》胡乱看，遇到不认识的字就绕过去。这一幕被来我家打水的马跃进看到了，他很惊喜：“你喜欢看书？这书你都能看懂?!”我说：“除了蒋介石、国民党这些话我好像听过，其他的话我都看不懂，但又没别的书看，就当认字呢。”马跃进发现了我这个爱书的“知己”，有些兴奋，说：“我家里还有些书，你想看可以来取。”那时候农村想找本书看是件十分艰难的事情，我自然不肯放过这样的好机会。马跃进从他枕头底下给我取出两本《辽宁青年》，我一个下午就看完了，就又去借。从他那里我看了鲁迅的《彷徨》《故事新编》《人生》《林海雪原》《红岩》等，有些字我不认识，就去向他请教，马跃进也很乐意教我。马跃进说他最崇拜的人就是鲁迅，能写出如投枪匕首般的文字，能改造一个民族的灵魂和精神。这些话我还听不大懂，只是觉得《故事新编》还比较好看。但是我依然成了这个村里和马跃进交往最密切的人，用他的话说，我们是“忘年交”。

可是马跃进的书也并不多，我很快就看完了，最终连他高中时的语文课本都让我借来看了。有一次，我又到他家去借书，马跃进想了很久，取出了一本自己缝制的小册子，有些伤感地说：“这些都是我写的作品，我刚整理好，你可千万要爱惜，别给我弄坏了。”说完很郑重地交给我。那是一本白纸裁成的小册子，有三四十页厚，封面上用毛笔龙飞凤舞地写着“飞花集”三个字，字写得很漂亮。前面的几页贴着一些照片，附着说明，是一个叫“华岳”的文学社成员的合影，马跃进站在中间，笑得很灿烂。后面是用钢笔整整齐齐地抄写的诗文，包括那篇著名的《我的父亲》，每篇文章的后面都写着一段话，说明这篇文章写在什么时候，登在《华岳》会刊的哪一期等。看完之后我对马跃进更加钦佩了：字写得那么漂亮，文章写得那么好，会写诗，还当过文学社的社长。我兴奋地把自己的发现讲给母亲听，正在剥苞谷粒的母亲头都没抬，很平静地说：“这有啥用，现在还不照样是个农民!”

后来，马跃进还有一段短暂的“非农”经历，在村上一家生产纸箱的小企业当文书兼会计，马跃进的眼镜又戴上了。在此期间，他结了婚，媳妇是个邻村的初中毕业生，人很贤惠。第二年马跃进有了第一个孩子，是个女儿。但是这家小企业只维持了不到三年就破产了，马跃进只能再次摘下眼镜下地，再后来，马跃进又有了一个儿子，生活变得更加艰难。不久，我上了高中，学习很紧张，加上家里盖了新房，离马跃进家比较远了，也就很少有时间去找他聊天了。

上大学以后，在图书馆看书时，我常想起马跃进，想起向他借书的日子。我想他当时一定很寂寞，很需要书，我决定送他一套书。我转了很多书店，最终以六折的价格买了一套《鲁迅全集》，借寒假回家之机悄悄送到他家。见到我他很高兴，紧紧握住我的手，那双手已经十分粗糙，并且十分有力。

他抱着我送他的书，一遍又一遍地用手摩挲着，一再地说“太破费了太破费了”，黑且瘦的脸上洋溢着光彩。然后不厌其烦地向我打听大学里的各种情况，我很详细地讲我们如何逃课，如何在宿舍里嬉笑打闹，如何在新年晚会上做游戏，马跃进听得十分仔细，眼睛中闪烁着动人的光芒。当我说我们学校和师范大学是对门，师范大学的女生大都很漂亮时，他竟流下了眼泪。跃进媳妇也很热情，一边反复说着“你可是咱们村的大才子，考上那么好的大学”之类的话，一边张罗着要给我做饭，我一再阻拦，最终跃进媳妇为我煮了三个鸡蛋，泡了一杯浓茶，然后一遍遍把鸡蛋往我手里塞。那年，跃进的女儿已经五岁了，儿子三岁，都有着和跃进一样漂亮的五官，他俩站在桌前看着鸡蛋不断咽口水。我给两个孩子一人一颗鸡蛋，跃进媳妇又从他们手中要过来递给我，说“你吃你吃”。我知道跃进媳妇是个实诚人，只要我在，鸡蛋是不会给孩子们吃的，就赶紧借故回家，跃进一直把我送到我家门口。

第二年暑假，马跃进听说我回家了，专门来看我，但是我们居然半天没有多少话说，马跃进不断地重复“我兄弟把书念成了，念成了”。我问《鲁迅全集》看得怎么样了，马跃进说书还没看，媳妇不让看，媳妇说那么好的书，你看了浪费，等娃将来上学时再看，也许需要求人时还可以送人。马跃进继续说他正在跟村上的基建队到处盖房子，每天 8 元钱，而且他正在跟别人学习砌墙，若学成了就可以当匠人，每天挣 15 元钱。马跃进的语气中对当匠人的向往让我很吃惊。

后来，我回家就很少见到马跃进了，听母亲说，他去咸阳干活了，媳妇她一个本家哥的基建队，连带记账、看工地，每天给马跃进的工钱比别人多些，现在马跃进极少回家，因为要看工地，平时走不开。有一次下大雨时马跃进回来过一次，在工地上已经找好了顶班的人，可以在家住一晚上，可是她媳妇听说找人顶班就要把当天的钱给人家，坚决要他连夜回工地。母亲说到这里时叹了口气，说："跃进现在真可怜，两个娃要念书，跃进他妈身体又不好，一年四季药不断，媳妇也实在是没办法。"

当我怀着无限的惆怅在电脑上敲完这些关于马跃进的文字，已是凌晨4时，窗外雨下得正大，打在窗子上噼啪作响，我想，如果在以往，马跃进应该正在工地的棚子里睡得香甜。我甚至想也许跃进在这几年的打工生涯中已经积累了足够的素材，马上就要写出一部惊世骇俗的小说。我怀疑自己昨天是否真的接过母亲的电话，或者只是接到了电话，但关于马跃进的噩耗却只是我的幻觉而已。跃进的生活始终平凡、平淡，但他的灵魂却始终向上、向善，正如这千千万万不具形状的雨滴，虽然会融于泥土，但始终都要蒸腾上天。

雨越下越大，那雨线在我的注视下，似乎不是从天际降落，而正是由地面缓缓升起，一直延伸到无垠的浩渺太空里。埋下跃进的那一抔新土上，一定也有这样千百条的雨的线连通了天与地吧，在这个寂寞的雨夜，跃进那不屈的灵魂，一定会顺着这从天空垂下的线，攀援飞升吧？

祈愿跃进到达天堂，蒸腾而为彩虹！

“不肖” 的表弟

前段时间休假回老家看望父母，也去看望住在邻村的二姑妈。年近七旬的姑妈已经满头白发了，由于一辈子在庄稼地里劳累，腰也佝偻起来，还没说几句话，就泣不成声：“小四，这个不肖的东西，可气死我了！”

这个“不肖的东西”是姑妈最小的儿子，我的表弟，叫“小四”，其实也已经三十好几了。他曾经是姑妈和姑父最大的骄傲：四个儿子，三个都当了农民，只有这一个小儿子考上大学。20 世纪 90 年代后期，大学生在农村还可以隐隐约约地被称为“天之骄子”，一个村里也就一两个。姑妈和姑父一提起小四就眉开眼笑，村里人很羡慕地逗他们，说小四将来在大城市里上班，娶了媳妇生了娃，把老两口都接了去，姑妈嘴上说着：“咱不去，我就喜欢咱农村这敞亮。”内心里实在对这种描绘充满了向往——他们一辈子去的最大的地方可能就是县城。

可是表弟毕业时，就业形势就已经不太好了：他学的专业是水利，毕业招聘会上几乎没有要这个专业的，后来档案到了县上的人事局就没了消息。表弟每周都去人事局问，回答只有一个：“没有岗位。”有一次姑父去哀求：“不行把娃分到村外的水管站也行呀！”那个水管站就在他们村子旁边，姑父经常和那里的人聊天，最初的话题就是“我娃也是学水利的，上着大学呢”，里边有两个工人，其中一个就说：“大学毕业一般都在县城里面坐办公室，我们局长就是大学毕业的，科班出身。”姑父听了，心里甜滋滋的，从此去水管站心里就有了更多的亲切感，夹杂一点掩饰不住的自豪感。表弟毕业那一年，水管站上那个老点的工人退休了，等了半年县里还是没消息，可把一家人煎熬得吃不下睡不着。村里也有了这样那样的冷言冷语，无奈之下，姑父和小四也都愿意屈就一下：到水管站上班也行啊，实在不行当工人也行啊，起码把国家饭先吃上。然而人事局的人依然摇摇头：“你没看见河都干了，还要水管站干什么用?！马上就要撤编了。”

工作找不到，人也不能闲下来，地里的活也还要干，表弟只好摘下眼镜、拿起锄头，在村人异样的目光中又煎熬了几个月，终于坐上火车去了南方一个城市：在流水线上当打工仔也比听家人无休止的叹息和村里人指指点点的奚落强呀！

真是树挪死、人挪活，柳暗花明又一村。表弟在流水线上干了不到一年，命运峰回路转：打工间隙，他偶然看到那个城市公开招录公务员的告示，认真准备了几个月去参加了考试，然后顺利录取了，进入一家区上的行政单位上班。又过了一年，和一个当地女孩结了婚。据说那个女孩家里是做生意的，比较有钱，女孩自己也在做着生意，就想找一个老实可靠的人成家，所以选择了来自北方、敦厚纯朴的表弟。

听到这些消息时，我很为表弟高兴了一阵子。然而表弟的婚姻只持续了不到两年。孩子九个月时，那个女的很决绝地和他离了婚，原因似乎很复杂，又和许许多多第一代进城人那样类似：凤凰男，你懂的。从女方的视角来看，结婚时的房子是女方家买的，一切都由女方操办，而且生了孩子后，姑妈他们既不给钱，也不给帮忙带孩子，再加上生活习惯不同、价值观各异，于是矛盾丛生并且日益尖锐，最终离婚简直就是必然。这些我都大致相信：姑妈把表弟供着上完大学，不仅筋疲力尽，而且还欠下一屁股债，已经分别成家的三个儿子因为小四的学费问题也和姑妈闹得几乎水火不容。一直等着小四毕业上班然后可以摆脱债务、跟着享福的姑妈姑父，哪里还有给他继续投入的能力呢？

我听说，小四的孩子出生后，老两口其实专门到南方去伺候月子，可是本身心理就不平衡的儿媳妇没什么好脸色给他们，她说的吴侬软语老两口压根听不懂，老两口的“黄土高坡”儿媳妇一听就皱眉头耸鼻子，更不用说一辈子也没吃过鱼虾鳖蟹的老两口只会做面食，儿媳妇一口面食也不愿意吃，脸色越来越难看，说话越来越难听。用姑妈后来的话说，他们坐了不到一个月的“牢”，终于被“有罪释放”了。小四陪着老两口从小区门口一直流泪到火车站，火车上老两口又叹息了一路，直到村口才努力换上笑容。

离了婚的小四，工作上发展得也很不顺利。有一次他醉醺醺地给我打电话，哭得非常伤心，他说自己思维简单，言语直接，不知怎么得罪了单位领导和一部分同事，被贬到一个最冷门的岗位，同事们也都瞧不起他，没人愿意和他这个穷酸交往。离婚后，他就住在单位宿舍，要再结婚，最起码得有套房，可是这里房价一平方米一万多元，工资只有三四千元，什么时候才有希望呀！

那天，姑妈拉着我的手，眼泪一把鼻涕一把，姑父坐在旁边，也是长吁短叹，他们说："小四来电话说，他又找到一个女孩，这是我们朝也盼、晚也盼的好事呀！可是小四说人家女孩要求必须先买房，那边一套房最少得将近一百万元，让我们想办法替他筹三十万元。你说让我去哪里筹这么多钱？我这把老骨头加上头顶这片破房子连几千元钱都值不了，这不是逼我去死吗？"

我竭力地劝慰着两位老人，说小四实质上是一个乖巧、听话的孩子，他电话里那样说，也是心里实在难受、一时糊涂，让他们千万别往心里去。我虽然嘴上这样说，可是想到小四那遥不可及的房子和迫在眼前的婚姻，也不由得发起愁来。

什么时候，小四的命运能再一次"柳暗花明"呢？

淘书记

字典上说，淘的本意是用水冲洗，去除杂质。例如淘米、淘菜，这是优胜劣汰，而且可以沙里淘金，如果是大江大浪，甚至可以淘出千古风流人物。

个人淘书的历史可以追溯到目不识丁的童年。村办的造纸厂拉来几车废纸，有很多薄厚不一的书在里面，本来是要做纸浆，哪料到却触动了全村男女老少“爱惜纸字”的美好情怀，全村老少虽然大多不识字，却都去抢救文化产品：老太太们要去拿几本最厚的夹鞋样，媳妇姑娘们要去找最硬的剪鞋样和毛衣样，老头子们想去找几本垫起来当枕头。造纸厂里看门的大老李千喊万呼，无奈法不责众，况且这个说“我是二蛋他姨”，那个说“我是二蛋他叔”，“二蛋”者，造纸厂厂长也。最后只是拦住了腿脚不灵便的张大爷，张大爷是他那一辈中全村唯一识字的人，平常最是温和谦让，那一天却最是气愤激昂，他挥舞着半本《薛丁山征西》边走边骂：“这可是本好书呵，你们竟要拿去做纸浆，王八蛋！造孽！”

现在看来，那天其实不是“淘”而更像是哄抢，我因为个子太小没挤进去本来一无所获，最后是带着我一起去的、当天收获最大的邻居王大妈见我太过沮丧，就从头巾包裹着的一堆中挑了一本给我，说是太薄了夹不了几张鞋样。我上学以后才知道那是一本《反杜林论》，但当时依然兴奋异常，右手在屁股上“啪”的拍一巴掌，驾——快马加鞭，回去给家人炫耀：“我有一本书啦!”看来正如丑是天注定一样，淘书装样子也可以是一个人与生俱来的本能。

进入学生生涯以后，十年寒窗，每天都在读书，但却是狭义概念上的读书，一心只读教科书，究其原因，除了没钱买课外书之外，还有读“闲书”怕影响学习：考不上学，自己可能成为田野上的一个笑话。

真正的淘书是从大学时代开始的，图书馆里书不少，可是都太老旧，而且课业压力不算大，周末的时间总需要打发，可喜母校西北政法附近和师大路上书店鳞次栉比，那可真是一家挨着一家，虽然都不大，但那是真正的书店而不是“教辅书店”：20世纪90年代初，市场经济的大潮还没有完全吞没这所西北城市，其南郊的文化区域还残存着一些风花雪月，这些书店的存在就是例证之一。大部分学生除了英语四级的压力，也没有被省考、国考之类的完全捆绑，这些书店就有了一定市场。周末上午我走出校门，踩着磁带店接力播放的校园民谣节奏，在高晓松、老狼、沈庆的声音里，一家书店挨着一家地走过去，随手翻翻如日中天、各种文体写遍、拥有专栏无数的汪国真，咂摸一下深沉忧郁、脚踩大地、神游八荒进行着文化苦旅的余秋雨，粗粗浏览铁凝、王安忆、莫言、贾平凹的新作梗概以便充作谈资。我的口袋很干瘪，每家书店不敢停留太长时间，以免被老板厌恶。我最终的落脚点在师大路的旧书摊上，书大都旧而且脏，但是半个屁股坐在三轮车上斜叼着烟的老板慷慨："随便翻，只要你蹲得不嫌腿疼！"

我能蹲很长时间。为了保护我本来就很干瘪的口袋，为了保护后方在希望的田野上的土坷垃里给我提供给养的父母，我不能逛街，不能逛公园，不能和同学结伴出游。在那时以至后面很长的一段时间里，花钱都是一件很罪恶的事情。那么，我还能向何处去呢？而且翻书可是无论如何都很正确的一件事啊！最后离开时，作为补偿，我会把那本千辛万苦淘出来的、最契合我的需要的那本带上。一般都在两三元钱以下，但不会是小说，那东西看一遍就没用了，性价比低，最好是工具效能最强的、能反复使用的，最起码也得是散文集，容量大，得了便宜的快感更强烈些。

刚上班的时候，是在远离西安的一个县城里，拼命工作，看书的时间并不多，然而工作环境实在很恶劣，电视也看不到。后来结了婚，在单位外面租房子，有电视，很快又不能看了，因为妻子怀孕了，据说电视有辐射，手机有辐射，微波炉有辐射，连电风扇都有辐射，统统对胎儿不好，幸亏电灯的辐射危害还没有被孕妇们获知并且添油加醋地流传，我还可以依靠一堆淘来的过期杂志哺育、犒劳自己贫乏的灵魂。这些杂志来自西安汽车站附近的一个图书批发市场，我经常路过那里。

过期的杂志撕去扉页，一本两元三元或者五元，时政文学还有时尚，翻来翻去，挑了又挑，一个塑料袋装上十几本。这些过期的资讯和文字，陪伴我在华山脚下的那些夜晚，伴着我不由自主地轻轻叹息，送我的目光越过面前这座高大的山体，成为我和外面的世界连接的一个气息微弱的“气眼”，潜移，默化，引导我超越一地鸡毛和眼前苟且，告诉我当时的一切不是永远的一切，未来虽然缥缈难定，但还有模糊的可能。

到西安工作以后，流连书店的习惯没有变，买书也可以从容些，可是书店变了。师大路上书店依然很多，但都成了“考试书店”，清一色的公务员考试资料、考研资料。想想现在的孩子实在可怜，上了大学就得拼命考这个证那个证，然后准备公务员招聘或者考研，风花雪月在大学里也就成了稀缺。当然也有别的原因，智能手机和电子书可比纸质书来得便捷。很快的，几家大的书店，如南郊的中山书城，城里的新华文轩，依次关了门，小寨的万邦书城因承担不起租金所以搬去更远的地方。正在懊恼的时候，一位朋友指点我：可以去旧货市场淘呀！于是又回到了淘书这条康庄大道。

所谓的旧货市场当年也许真是有这样一个市场，但现在只剩下原址附近的路边摊，每周固定时间摆出来，因为约定俗成而有了人气。物品摆放得乱七八糟，大都是上不了台面的低端物品；来的人上到名流大家，下到贩夫走卒，很多人都抱着捡漏发财的痴心妄想。所以旧书不是这里的主角。新书的利润尚且不高，旧书的价值就更加不堪了，因此一般摆放在最逼仄的地上，左邻厕所，右堆垃圾，气味熏人，无处落脚，虽自己耐受力够强，圪蹴是童子功，但股股臭气再加上赤日高悬、人声喧哗，终不免头晕脑涨，恍惚间，面前散乱堆放的旧书突然幻作人形，有了生命，一个个行动起来，呼啦啦围在我的周围，一起跪倒齐声呼喊：先生救命！先生救命！

我大吃一惊，面红耳赤，连忙摆手：我一介平民百姓，身无尺寸之权，手无缚鸡之力，家徒四壁，人微言轻，只怕当不起各位如此众望，快快免礼。

那群书中站起一位着青布长袍的白眉长髯老者，虽然布袍带土，依旧精神矍铄，只见他长施一礼："先生不必过谦，我们也曾赫然排列于知识殿堂，怡然流连于文人雅士手掌，无奈世事变幻、书海浮沉，昨日桌上宝典，今日沦落为废品，斯文扫地，价值全无。要救我等，不在能与不能，只在愿与不愿。无论当时定价多少，今日此刻，贵的超不过一碗扯面，便宜的只相当于半块油饼。先生虽然清贫，救我们也只是举手之劳，却积下挽救文化、拯救斯文的无量功德。你看这旧货市场虽然人来人往，但大多流连于古玩手串、玉石杂耍，先生若不救我，我等下午就会化为纸浆，堕入六道轮回，要再托生而为书籍恐怕只是痴心妄想，听说大部分会被造成卫生纸，上洁脏手，下擦屁股，千般污秽，万种屈辱。还有相当数量的要被制造为卫生巾，更加生不如死——"老者言尚未尽扑通一声再次跪倒，号啕大哭："先生救我！"

我闻此言，不觉悲从心中来，豪气胆中生，端出严肃脸，满口答应："杨某虽穷、媳妇虽悍，救几本旧书的能力还是有的，但蜗居窄小，无处摆放，多买只能多卖，最终又会沦为纸浆，只能择有缘者先救，各位以为如何?"

众书齐声喊道："先生恩同再造，任凭先生挑选!"

书群中首先跳出一高瘦青年，身着破烂深色西装，脚蹬露趾尖头皮鞋，鼻架平光镜，腋夹公文包，自报其名："在下贾励志，请君带我离开，我能为君创造最大价值。君渴望成功否？我有《成功宝典》；君渴望财富否？我有《财富大师》；君渴望幸福否？我有幸福密码；君渴望人情练达否？我有《人际兵法》；君渴望职场畅达否？我有《职场智慧》……"我心知成功都蕴含无数汗水与艰辛，剪刀糨糊凑成的口号和几碗鸡汤只能麻痹神经、误人子弟。但那人语言激昂，声势夺人，滔滔不绝，好不容易找了个插话的机会才得以制止："谢谢美意，但是我生性淡薄，素来不善追名逐利，只怕到时冷落了先生。"边说边向后退，那青年眼见无望，尚冲上来留了名片："若需要时随时给我电话！要不要给您做个简单的登记?"

书群中又踱着步子走出一位身着对襟短褂的老者，一把白髯，仙风道骨，唱了个喏："鄙人韦健康，预防重于治疗，养生等于长寿，只有颐养生命才能增强体质、预防疾病。我上有白话版的黄帝内经，下有引进版的跑步圣经，此外针灸、按摩、拔罐、水疗之术无一不备，带我回家，能保你健康长寿、百病不生、长生不老!"如此大言不惭，明显虚假宣传，再看那褂子上印着的"王太医"字样和经脉穴位图显得劣质粗糙，仔细看白胡子也是贴上去的，很不自然，原来是一个贴上胡须假扮老者的中年男子，纯粹是走江湖卖狗皮膏药的，我若依此书教导养生，只恐迟早走火入魔，连忙拱手道谢告辞。

这次走出来一位翩翩公子，白衣飘飘，玉树临风，开口全是文白夹杂、貌雅实俗的词句："小生建康花玥歆，并有一众兄弟夏悠漓、汀钰星、凌兮翎，我等人生跌宕起伏，蜿蜒离奇，少无世俗韵，不爱当王爷，性本爱丘山，偏生帝王家，睥睨江山美人当圣人，五代十国当军阀，回到明朝当王爷，纨绔潇洒闯大周，谋嫡诱色清宫斗，还有我那一众小妹袁鸢樱、汤璎珞、颜秋菱、容铭晶……"年轻人说得起劲，我却像受了紧箍咒，手抖涎流，难以自控，哀求道："公子且收了神通吧，就是这一众名字听来，已经使人肉酥骨麻，如要展卷细览，其中离奇情节庶几要了我的狗命，公子救我！"白衣公子闻之色变，嘟囔着"俗人、俗不可耐"拂袖而去。

七翻八翻，一堆旧书已经过手大半，突然一位西洋男士身影闪过，我忙喊声先生留步！听见我的喊声那人停了脚，只见那人身穿巨大翻驳领的紧收腰身双排扣大衣，紧身半截裤用吊裤带吊着，脚蹬翻口靴、手持文明杖，衣服规整却污渍斑斑，低头叹口气："我的中国名字叫杨明著，贵国清末自欧美等诸国翻译而来，也曾流行于上层人士、开一时风气之先，无奈近年大多作为少年儿童'经典阅读'作业，且经百般删减，一些正常的情节发展和情感描写全无保留，印成所谓少儿版、少年版，成年人绝不去看，小孩子年幼的尚有翻阅者，略长大一点也宁愿选择足本，故我等一经印出便遭抛弃，且小儿不知珍惜，随手翻阅后即弃置废纸中，等学期结束即卖到废品收购站。今颜面全无，不敢见人，只求早日超生为其他文化产品!”说罢掉头钻入书群中区，再不回头。

待我目送杨明著身影离去，回头却见一位清瘦男子，羽扇纶巾，长袍大袖，眉目凝重，我忙上前拱手问好，老人也拱手回礼：“鄙人公孙国粹，胸怀经史子集，涵盖诸子百家，无奈保持原貌、没有翻译，遂不为世人所喜。”我诧异地问：“近年不是大兴国学，怎会冷落先生至此?”老人叹息：“大家喜爱国学，可是流行的许多书，不过是借着国学的名词推销自己的浅薄，这世上越是浅薄越是易懂，越是深刻越是深奥，越是深奥越是不容于世。当今之世，西风压倒东风，懂英文的远远多于懂古文的，加之我版本简单，装帧平常，所以大家不但看不懂，而且连买去装装门面的欲望都没有。”言罢一声叹息。我忙伸手相邀：“先生不要悲伤，阳春白雪自然曲高和寡，如若愿意，且随我到寒舍，但有我立锥之地，绝不教先生曝于烈日，定当顶礼膜拜、时时请教。”渐渐地，我在书群中又发现了若干熟悉的面孔，我曾在中学同学的桌上见过的，曾在大学校外的书店里翻阅过的，曾在别人案头看到过的，艳羡不已却没有借到的，爱慕不已却舍不得买的……多年不见，再次见到，时过境迁，正如老友重逢，紧握双手，泪言相对，再也舍不得让他离开。

时已过午，早市要散了，书摊老板开始收摊。我带着满满一袋子鸿儒故旧坐上600路公交车，一路兴奋不已。古人常感慨遗珠之憾，淘书却如同搜岩采干，远求骐骥。淘的过程既是选择的过程、等待的过程，又是甄别的过程、感悟的过程。发现一本好书，正如榛莽中结识一位子期般的好友，陋巷里发现一位颜回般的贤才，人生快事莫过于此。有所得的欣欣然中，公交已过万重山。

匆匆吃过午饭，泡一杯茶，将新淘的书摆在桌上。摆一块抹布，布要半干，手不可重，屏气凝神，为众先生更衣洗面，然后一一散开稍作晾晒，见众书四围，我独坐其间如众星捧月。喝一口粗茶，想当年唐太宗站在城楼上“天下英雄皆入吾彀”的自得之情和意气风发，人抵不过如此。

不觉莞尔。

天凉好个秋

终于不用整晚开空调了，很快把凉席也撤了。都立秋快一个多月了，2012 年“七夕”是壬辰年戊申月丙辰日，那天正好进入了秋季的第二个节气：处暑。“处”是终止的意思，处暑意味着暑气已消，凉爽渐至。当然，真正的秋天，按照“持续五天平均气温在 10 ~ 22 摄氏度”的标准，西安的秋还要稍加时日。

“秋”的本意就是庄稼成熟和收成的意思。《尚书·盘庚上》：“若农服田力穑，乃亦有秋。”在“春耕夏耘，秋收冬藏”的农耕文明时代，秋这个收获季节的重要性可想而知。古人以此来指代一年，所谓“一日不见，如隔三秋”便来自《诗经·采葛》——一日不见，如三秋兮。“千秋”二字既是寿宴上的常用贺词，还是壮志男儿的悠远理想。

古代皇帝想的是自己的江山千秋万代无穷尽，多情人儿想的却是曼妙秋娘给自己送出“秋天的菠菜”。秋娘是唐代歌女常用的名字，后来泛指美人。白居易在《琵琶行》里赞赏咱们西安东仓门下马陵下住的琵琶女色艺非凡，就是这样说的：“曲罢曾教善才服，妆成每被秋娘妒。”“秋天的菠菜”因为白云黑土而增添了无限的乡土气息，并且眼见粗犷起来，其实，古代美人的眼睛像秋天的水波一样清澈明亮，绝对容不下家长里短的烟尘。朱德润在《对镜写真》中写道：“两面秋波随彩笔，一奁冰影对钿花。”何其美妙动人！

在诗人眼里，秋天是一个萧条、冷落的季节。“悲哉秋之为气也，萧瑟兮草木摇落而变衰。”（宋玉《九辩》）由此而起，“秋扇”用来比喻被弃的女子；“秋声”用来形容肃杀的气氛；“秋霜”用来形容严肃的表情；古代官府往往也在此时处决死囚，称之为“秋决”。在这样的“多事之秋”里，人的心情难免感伤忧郁，看看杜甫在乐游原上的感慨：“独行独语曲江头，回马迟迟上乐游。萧飒凉风与衰鬓，谁教计会一时秋。”还有一首杨齐的《立秋后有感》也可一读：“一雨助凉天气醒，夜来残叶报秋声。人歌曼倩书同发，客笑相如赋不成。惊破鹤心霄露重，送他鸿翼晚风轻。功名未了男儿事，争遣心头系得旌。”

然而也大可不必徒自感伤，试想，此时秋高气爽，天高云淡，也正是登高游玩的好时节。刘禹锡说得好：“自古逢秋悲寂寥，我言秋日胜春朝。晴空一鹤排云上，便引诗情到碧霄。”

莫愁啊莫愁

一段时间以来，一个叫“莫愁”的女子，屡屡跳进国人的视线，溅起话题多多：名字宛然古典派，声音超越现代派，容貌居然魔幻派，突然现身地铁口，吓煞京城少年派。兴致所至，翻检杂书，不由得击案感叹：莫愁呵莫愁，好一个生猛传奇的女子！从古到今，你都不是一个人在战斗！

我要说的这位莫愁姑娘，也是一位“善歌者”。传说她是楚襄王的一个歌舞女姬，曾经得到过当时著名唱作人屈原、宋玉的指教。她的身影首次出现的文艺作品是乐府诗：两首分别叫作《莫愁乐》的诗各可还原为一部微电影。其一为寻爱：一个仰慕者，应该可以作为“莫粉”的始祖，在急切地探问“莫愁在何处？”别人告诉他“莫愁石城西”。“莫粉”急忙到石城（今湖北省钟祥县）西面寻找，终于看到一叶小船快速驶来，船上那位运桨如飞、清纯美丽的女子，不就是苦思中、寻觅中的莫愁吗？其二为送别：爱情已经从一见钟情迅速发展到如胶似漆，可是春宵苦短、好景难长，莫愁喜欢的男子要顺水到扬州去了，多情自古伤离别，在江边的一个小山上，莫愁紧紧抱着爱人的腰，四目相对，含情脉脉，不远处，江水在万古不停息地奔流着。所谓“闻欢下扬州，相送楚山头。探手抱腰看，江水断不流”。

送别以后呢？是穿越。在乐府诗中惊鸿一瞥之后，时空穿梭机把她送到南北朝时期的洛阳。这一次，戏剧元素渐趋丰富，有了励志情节，添了豪门恩怨，感情更加波折。先来听听主题歌：河中之水向东流……停！谁在那儿跟着乱哼“天上的星星参北斗”，这不是《好汉歌》，这是梁武帝萧衍为莫愁亲自操刀创作的《河中之水歌》，第二句就是“洛阳女儿名莫愁”。好吧，说故事：这位莫愁姑娘，聪明美貌，十三岁时就会织色彩艳丽的丝织品；淳朴善良，十四岁时就在南边的地头采桑养蚕；关键是嫁得好，十五岁时，没有干爹、没有炒作，就嫁给了巨富卢家的公子，是不是很值得笃信“学得好不如嫁得好”的女青年们作为励志偶像呢？不过，先别膜拜，还没有完呢：她还很会生养，十六岁就生下了“卢太子”，取名叫阿侯。给卢家续上了香火，劳苦功高、母以子贵，卢家莫愁太太的生活那叫一个奢华：住的房子华贵芳香，房梁是用芳香的桂花木做的，还摆着郁金香和苏合香，纯进口货；头上戴的十二行的金钗、脚上穿的五色花纹丝质绣鞋，都是能工巧妇纯手工打造的；墙上挂着镶嵌着深海珊瑚的铜镜，绝对的奢侈品；身边还随时跟着提着箱子、服务到位的仆人。她绝对是南北朝时的顶级豪门！如果你以为这就是全部，那你依然错了，这个故事没那么单薄，莫愁姑娘也绝非如此浅薄，结尾虽然简单，但足以让人浮想联翩：人生富贵，莫愁却依然心中郁闷，原来她偷偷仰慕着隔壁王郎。这个王郎叫王昌，书上说他“丰神俊美，为时人所赏”，可见是个标准“高富帅”、全民大偶像。

似乎故事还不够完整，可是后面的发展走入了狗血一路：唐代时，李商隐在苦思冥想向王昌通报莫愁的单相思（谁与王昌报消息？尽知三十六鸳鸯），欧阳修猜测她有一个只手可握的小蛮腰（莫愁家住洛阳傍，十五细腰闻四方），也有人说她是歌女、舞女，甚至娼女，例如卢纶的“彩笔征枚叟，花筵舞莫愁”，元稹的“楼头伴客名莫愁”。

宋朝时，莫愁“被移民”到了南方的“石城”金陵，也就是今天的南京，身份成了妓女，并且成了莫愁湖的得名原因。《太平寰宇记》记载：莫愁湖在三山门外，昔有妓卢莫愁家此，故名。但是，这个时候的北方“石城”人民也没有忘记她，只不过方式同样有点低俗：曾三异的《同话录》中记载，那里的每一个妓院里都选一个妓女取名“莫愁”，恐怕这也算是一种对历史资源的利用方式吧，就像今天有人在争西门庆故居一样。

明代及此后，金陵繁华日盛，莫愁湖渐成江南名胜。先前湖以人名，至此人以湖名，文人纷纷咏叹，民间口口相传，把以前的诸多要素汇在一处，演绎出莫愁故事诸多版本，大略是：莫愁本是洛阳贫家女，卖身葬父时被南京商人卢员外购得，带回老家做了儿媳妇，婚后夫妻恩爱，生了儿子阿侯，但不幸被梁武帝见到，图谋夺为己有，遂设计陷害，莫愁不堪其辱，投湖自尽，此湖即为莫愁湖。

直到这里，这个叫莫愁的姑娘的故事，完善了这么多的内容，爱情也有，亲情也有，悲情也有，增加了宫廷元素，提高了道德标准，可是比起汉乐府中的简单描述绵长悠远，为什么滋味反而淡了，甚至变了呢？

最早的中国好声音

据说，中国最早的歌唱与英雄有关。那是蛮荒洪水肆虐、文明曙光渐显的上古，在一个万物萌发、阳光明媚的春天的午后，一位涂山氏族叫作“女娇”的女子，被深沉的思念捆缚着，被浓烈的情绪煎熬着，终于从她的口中发出中国历史上的第一句歌唱——候人兮猗。等待的人呀，这句纯天然、无添加的歌声如同天籁，唤醒了中国南方民歌，一大批的原生态民歌随之产生，成为先民们最早的精神寄托和娱乐享受，后来被周公和召公一起汇集成周南、召南，并被收入《诗经》流传后世。而原生态歌手女娇这首旷世之作所思念的主人公，正是倾力于治理洪水、三过家门而不入的大禹。大禹，这位历经 13 年的艰苦奋斗，通山川，疏江河，终于制伏了“汤汤洪水方割，荡荡怀山襄陵，浩浩滔天”的水害的伟大英雄，在大功刚刚告成之时，就因多年茹苦含辛积劳成疾而长眠不起，他给我们留下的，除了可供华夏群黎安居乐业的九州版图，还有成为中华民族宝贵精神财富的伟大献身精神。

此后，中国的歌唱技艺应该是在飞速发展的。到了春秋时期，已经有了职业歌手，不过当时叫作“优伶”。战国时期，秦国的男高音歌唱家秦青不仅被记载在《列子·汤问篇》中，而且为我们留下了两个成语。当时的一位歌手在秦青那里学习唱歌，自认为学业已成准备自立门户，秦青给他在郊外途中设宴践行，唱了一首类似梦驼铃的送别歌曲，歌声一起，声浪汹涌，响彻云霄，带动整个森林的树木为之起伏，天上的白云都被声浪遏制住无法飘动，这就是成语“响遏行云”的来历。想离开师门回家的学生也不走了，众人都叹为观止，敬慕不已，秦青却很谦虚，他对大家讲述了韩国女高音韩娥的故事：韩娥在去齐国途中没饭吃了，只好卖唱求食，结果她走了三天后，声音还在房梁上萦绕不绝，旁边的人以为她尚未离开，这就是“绕梁三日”的出处。

我们要隆重介绍的是一对曾经的组合，他们的名字或者可以称之为“楚汉传奇”。不过他们组合在一起的最初目的不是为了歌唱事业，他们最重要的歌唱作品也都出现在单飞之后。秦朝末年，天下大乱，“反秦好男儿”遍地开花，其中最为著名的当属出身贵族的动作明星项羽。灭秦之后，项羽当上了中华大舞台的主唱，自称西楚霸王，封了十八个王，统一由他指挥。但是这个组合存在的时间非常短暂，也没有什么好的作品，很快就闹了内讧，最终是一个小县城来的混混刘邦成功上位，并且他的子子孙孙们占据这一位置达四百年之久。

愤怒出诗人，悲伤也可以出歌手。项羽最为著名的作品就是这样产生的：作为百战百胜、所向披靡的西楚霸王，今天，在垓下这块地方，居然被自己最痛恨、最看不起的泼皮无赖刘邦团团围住，叫人好不愤懑！尤其是今天晚上，四面八方都响起了楚地的民歌。故土已失，军心离散，那匹曾载着我驰骋疆场百战百胜的乌骓马突然迈不开步子了，这真是天丧我项羽啊！帐中还有我最疼爱的美人虞姬，就算我冲出去了，她又该怎么办?！他苦笑着在帐篷里点起火把，设下酒宴，自己拔剑起舞，唱出那首“慷慨激烈，有千载不平之余愤”的垓下歌：“力拔山兮气盖世，时不利兮骓不逝。骓不逝兮可奈何，虞兮虞兮奈若何。”太史公司马迁说，项羽演唱这首歌时“泣数行下”。英雄落泪，美人心碎，为了不成为霸王的拖累，虞姬拔剑自刎，悲愤交加的项羽很快走到穷途末路，同样自刎，留下来这一曲让人痛彻心扉的《垓下歌》。

巧合的是，班固在《汉书·高帝纪》中也说，单飞而且飞得更高的刘邦在演唱他即兴创作的代表作《大风歌》时，也因慷慨伤怀而“泣数行下”。那是项羽自刎乌江的八年之后，刘邦已经当上中华大舞台的“天命主唱”，而且击败了挑战者英布，衣锦还乡，把昔日的朋友、尊长、晚辈都叫来，连续十几天喝酒、吃肉，好不得意。有一天喝到痛快时，刘邦一面击筑，一面高唱：大风起兮云飞扬，威加海内兮归故乡，安得猛士兮守四方！他不仅自己唱，还让小的们一起合唱；不仅要合唱，还要自己舞剑伴舞，结果彻底把自己给唱哭了。

看来，歌唱的最高境界是真情。这也许就是这些中国老声音传唱数千年的原因所在。

何妨回望旧时月

曾经，我们距离自然和天地很近；今天，我们距离繁华和喧闹很近。

那时候，即使居住在城市里，我们也可以轻易地走进田野、抚摸土地。我们听着布谷鸟的啼叫、蝉的长鸣，以及蟋蟀的嘶喊走过四季。这些声音，奇妙地更迭着，在我们脚下这片肥沃的土地上次第响起，引起过无数农人的希望、士子的感慨和宫女的哀怨。

现在，我们听着汽车的轰鸣声、工地的打夯声和人群的喧闹声走过四季。这些声音，顽强地混杂着，渗透进每一个城市乃至乡镇，吞噬着我们的田野，吞噬着我们的鸟语花香，困扰着中年人的大脑，惊扰着老年人的梦乡。

多少年来，我们的口舌一年四季都有美好的期盼。不唯诗人们惦记着欲上的河豚、将熟的梅子，我们也惦记着青青嫩嫩的榆钱儿、香气扑鼻的槐花，惦记着在天地间自然成长而非大棚加激素制造出来的水果和蔬菜。

七岁时坐在田间的水渠边玩耍，管生产队菜园子的老张头递给我一根黄瓜，那香味留在我的口颊中已近三十年了；现在，随时走进超市，就可以把所有这些原本不同季节的产品一次性装进购物车。可怎么吃，也吃不出当年的味儿。

很多年里，我们的心灵都很安稳平静；如今，更多的却是心浮气躁。今天，我们的天空被巨幅电子屏幕广告发出的光亮掩盖，被一栋接一栋的高楼大厦点亮的无数窗口所遮挡，我们再也难以找到眨着眼的星星。老奶奶给孙子讲牵牛织女的故事，遥指的却是夜空中风筝带的发光灯束。

我们不再看天了。我们看的是人，是他人而非自己。我们盯着别人，盘算着别人，嘲笑着高尚，传染着冷漠，仇恨着财富，诅咒着社会。

实在不行，我们还会看地：会不会捡到别人丢下的一张钞票，百元钞最好，十元钞也行。

钢镚和毛票？哼！不要。或许仅有如此，方可保留住仅有的气节。

有人叹着气：这个时代，没有诗意，只有失意。

我是个冥顽不化的人。我无法责备这个时代：我们失去的太多太快，不过是因为我们得到的也同样太多太快罢了！

我顽固地相信，无论什么时候，人们追求善、赞赏美、向往善的动机都顽强地存在着，不过或隐或显罢了。

于是我想，在这钢筋水泥的森林中，在这瞬息万变的时代里，让我们在享受着空前“得到”的同时，努力挽回更多的一些“失去”。

静下来吧，慢下来吧！一起亲近自然，看看日月盈仄、云卷云舒，感受四时冷暖、节气变化；找古人聊聊，读读唐诗宋词，回顾古人生活，体味中华传统。

这样，也许我们就能找到自己的根与脉，看淡眼前的虚与幻；这样，也许我们的苦闷会少一些，淡定会多几分。

每一片枯萎的叶子都叫父母

那是冬天里的一天。已经临近春节了，天始终阴沉沉的，不是要下雪，因为“四面霾伏”：天空从早上，到中午，再到晚上，一直都是灰蒙蒙的，街上的行人戴着各式各样的口罩，努力将 PM2.5 抵挡在自己体外。自己虽然不是“感时花溅泪，恨别鸟惊心”的诗人，但满口满鼻子的土腥味，满眼阴郁的灰色，也终于把心中本有的几丝忧郁涂抹得更重更黑。那个中午，我在停车场停了车，沉默地拽着自己回办公室，我的前面是物业公司的一辆人力三轮车，三轮车上拉的是一些枯败的花木，可能是其他办公室换下来的。走到办公室楼下垃圾堆前面的时候，一个声音从三轮车前方缓缓地、幽幽地传过来：还能活，还能活，我就是住得太远了，带不走。

这似乎是蹬三轮车的老头在自言自语，似乎又是对别人在说。我四下看看，四周除了我没有其他人，就觉得有了接话的责任，就随口说：“哦，还在忙吗?”

老头抬起头，他的蓬乱的头发上沾着草屑和灰尘，几乎与这些即将成为垃圾的残枝败草一样气息奄奄，他缓慢地、机械地踩着三轮车，目光呆滞："不忙没办法，孩子在上大学，天天都要花钱。"

"孩子大学毕业就好了。"我本能安慰他。

"毕业了也挣不来钱，我家老大花了五万多元上大学，现在毕业三年多还是没工作。"老头似乎找到了倾诉的对象，又徐徐说道。

这个问题有点复杂，我的一只脚已经踏在办公大楼的台阶上，就只顾自己苦涩地笑笑，朝老头点点头算作道别，没有再说话。

可是老头叫住了我："这个花还能养活，你要不?"

我回过头，他正拨弄着三轮车上的残花败草："你看，这根还好好的，埋在土里养一段时间就能缓过来。"他边说着，边抽出一根只带着一片叶子的植物："我养过花，没问题的。"

机关办公室摆放植物的数量、质量是有规则的，自己要靠捡来的植物装点办公室，让人看见就太不好意思了。

但是，我还是拿走了这棵滴水莲，老头的语气诚恳到让我感动，而我的办公室里正好有一个空的花盆，再说办公室那些家具的味道实在太刺鼻，还有，这根树干只有一米左右，上面带着仅有的一片叶子，好带，别人不容易看到。

我没有像大多数人一样坐电梯，而是爬楼梯快步地走进六楼角落那个办公室。那一段时间，我被四处流淌的流言蜚语砸得浑身伤痕，当我听说很多流言的源头是曾经的朋友，听说很多添油加醋的是曾经崇敬的师长，心里有了更多的痉挛。我虽然不知道自己做错了什么，但因为有人觉得我做错了很多，我便羞愧难当。

辞海中对“穷”的解释：形声。从穴，躬声。躬，身体，身在穴下，很窘困。正当困窘的我读书时偶然看到这个，心中对造字的仓颉佩服得五体投地：被压在某种神秘力量的宝盖之下，困在流言的旋涡之中有劲使不出的感觉，真的就如同穷途末路啊。

今天，终于有了一个伴儿，真好！

钻进办公室，我赶紧把原来花盆里的土倒出来，把它栽进去，培土，浇水。洗了手，那片有着两个小小破洞的叶子正轻轻摇动，像一个终于被人收留的衣衫褴褛的穷孩子，让人望而生怜。哈，这间处于角落杂乱无章的办公室，除了两个低头抽烟、仰天叹息、始终脸色忧郁的中年男人，终于又增添了一个生命，虽然它只有一片带着破洞的叶子，但毕竟带来一抹鲜艳的生命的绿色。

这个处在最边缘的办公室里地方狭小，勉强摆得下两张桌子、三个柜子，柜子顶上摆满了废文件旧报纸。多余出来两张椅子，一般情况下也没有人坐。对面坐的老王，一般只有上午来一会儿，所以，中午我就可以调遣这里的四把椅子，摆成一张“床”，再枕上一叠报纸。这盆滴水莲靠在墙角后，我躺下时，那片叶子正好在我头顶，那两个破洞正如一双眼睛，风姿绰约地对着我摇曳、微笑，使我没来由想起了“其冠如盖”这句话。突然觉得自己背后多了人拥戴，虚幻中有了当大官的感觉和气象。目光放出去，那片叶子条缕分明的脉络，连同越来越鲜活的绿色，渐渐幻化成一片平缓起伏的草地，我在其中尽情地撒野、打滚；或者又是一片静谧的大海，微微的风牵引着我这条船，缓缓地、从容地驶过，带起来雪白的浪花，留下了漂亮的水纹。

过了年，就是春天了。那个粗壮的叶柄上面鼓起了一个小包，渐渐又长成了突出的一条，终于在一个周一的早上，一个嫩嫩的、绿绿的菡萏从叶柄的下端羞怯地露出头来，一个美好的新生命！

它长得可真快，每天都向上冒出去一截，不到一个星期，就抖抖擞擞地高过了那片老叶子。两片叶子相对而出的姿态比一片叶子的亭亭独立更有风韵。紧接着，第三片、第四片叶子也先后长出来。经过一个冬天的孕育，那片有破洞的老叶子有了一群孩子，它们的光彩照亮了我的心情。我找了一个空的饮料瓶，在盖子上刺几个眼，空闲的时候仔仔细细地给母亲和它的孩子们喷上一些水，看它们在风中摇曳交谈，看它们身上的水滴在阳光下闪出五彩的光华。有了它们的陪伴，我的心里充满了喜悦。

办公室里本来很乱，但这仅有的一盆绿植却增添了无限生机。在春天的阳光里，它的树干优雅地扭出一个标准的“S”形，姿态婀娜。它的头顶是一片巨大的心形的叶子，高高直立着，几乎像一个脸盆那么大，颜色也深如墨玉，姿态高雅、神采奕奕。这片叶子，我叫它“老大”，它的粗如小孩胳膊的叶柄是那样的强壮，窗口的风吹得其他叶子摇动不止的时候，它往往也是岿然不动的，至多是叶片边缘微微动几下，如检阅军队时的元首，轻轻挥动手臂只是礼仪需要或者礼貌问题。而平时，它就如雄踞在假山顶上的猴王，沉默而有威严地俯瞰着不远处一群嬉闹的猴子。老二和老三几乎一样大，只是老二的叶柄稍微粗一点，它们俩抵在一起，风来时便耳鬓厮磨，窃窃私语，轻轻发出沙沙的响声，更多的时候又在争抢着风姑娘的青睐。老四和老大相对着，然而距离有些远，而且低很多，似乎有些孤单，有些柔弱，如刚刚开始怀春的小姑娘，满腹心事的样子，但风来时数它欢快，是满心的喜悦，并不像哥哥们那样顽皮。五妹只有巴掌大，嫩黄嫩黄的，被哥哥姐姐们包围在中间，好奇地探出头来，却又偏着脑袋，“倚门回首，却把青梅嗅”，一个可爱的、天真无邪的小姑娘！

并不是所有的叶子都那么有生气，和上面的五片昂扬站立着的叶子不同，最早的那一片，是无力地垂下来的，像一个年迈的老妇人，叶柄和树干相连的部分已经萎缩、干瘪，叶柄的水分丧失殆尽，叶子边缘有很多地方已经枯黄，更严重的是，叶尖已经被剪掉，留下一个三角形的凹陷。那是我剪的，因为很早以前那里就枯黄了，隔壁办公室会养花的老苟说剪了不碍事，而且好看些，我试着做了，是好看些了，但是并没有能够阻止这个叶片的其他边缘随着新叶子的增加而不断变黄，更没想到几天后叶柄越来越软，叶子就整个垂下去了，仿佛一幅蓬勃夏日山水图上，一座小山丘却呈现出了秋日萧索，很不协调。

来办公室的人不多，但都会说："快把这片叶子剪了吧，活不成了，留着太煞风景。"我忙说："叶子还有点绿色，等完全黄了再说吧。"其实，我在心里说话的没有脱口而出，是怕别人听着太矫情：你们不知道，其实，这片叶子是母亲。

孩子们一天比一天更加蓬蓬勃勃，母亲的叶缘却加速变黄、收缩，叶柄也一天天变得发软。我惊恐不已，找来胶带纸把它和最强壮的孩子绑在一起，每天对给它喷一点水，总是让它朝向阳光，忍不住一天两三次用毛巾擦拭它。然而所有的尝试都无济于事，它一天天老下去，缩下去，低下头去，如那个年老体弱仍为了孩子打拼的骑着三轮车打扫垃圾的老头。是他送它给我，陪伴我度过人生中最黑暗压抑的一段时光，可是从那天起就再也没有见过那位老人。

吃完午饭后我顺路去打听了一下，物业值班的人说，他太老了，经理不敢再让他干了，但他又去别的地方找活做了。我走出物业办时，那个值班的叹了一口气："唉，可怜天下父母心啊！"

那一声叹息使我的鼻子一酸，强忍着满眼的泪水爬楼梯跑进办公室。我想起自己的母亲，她已年老，而且体弱。

躺在搭好的"床上"，春日中午的一缕阳光可以透进窗来，带着细小而升腾的灰尘，带着温暖的味道，均匀地撒在我的身上，斜斜地照在斑驳的墙壁上，给逼仄混乱的办公室里带来真真切切的温暖。恍然就像小时候躺在土炕上，枕着母亲的腿时看到的一样：土炕沿上，一碗包谷糁正冒着腾腾的热气，冲进从窗口照进来的阳光里，那香甜的红薯味已经冲进我的鼻腔，揉亮了我的睡眼……

突然，那片最老的叶子彻底垂下头来，当这一群儿女活泼泼成长时，当它们尽情享受生命的快乐时，母亲耗尽了全部的能量，终于不可遏止，然而也是默默死去了！哦，可敬的母亲！无私的母亲！坚强的母亲！我终于忍不住自己的泪水。

我郑重地剪下已经萎缩成一团的叶子，用保存了很久的一块白手帕托住，放在我的文件柜里。每天，我都会忍不住打开柜子看看它，逐渐失去最终的水分，慢慢变成一个个碎片。我虽然知道这是每一个生命无法逃避的最终归宿，但依然惶恐不已，在房间里踱着步子，六神无主。

这个为孩子牺牲了一切的母亲，应该有一个好些的归宿。为此我想了好多天。

城市的外面有一条大河，古名滋水，今称灞河。河水浩浩汤汤，一桥飞驾如虹。我在一个明媚的上午驱车来到桥上，把用白手帕包着的叶子的残骸缓缓撒入水中，我的目光随着那叶子的碎屑流淌，一路向北。这水源自秦岭，向北流淌十数千米归入渭河。渭河自西向东流过我的家乡，接灞河、零河、湭河、赤水河、遇仙河、罗纹河、罗敷河等而入黄河，这片叶子连同它最伟大的牺牲精神一起，顺水流淌，归于大荒。我觉得自己得偿夙愿，心情也便逐渐轻松下来。

春风扑面，我有许多话给母亲说。电话接通的那一刻，我飘忽忧郁的心终于回到了永远温暖的居所，电话两边都是畅快的笑，一向拘谨的我甚至还向老娘撒了个娇。在春日的艳阳下，心中的温度和贴在脸上的手机一样，熨帖舒坦，越来越热，直到滚烫。

爱说实话

陈忠实与莆田系：中国人精神的高地和深渊

2016年5月5日，丙申立夏，晨起大风，关中平原刚刚抬头的燥热为之一扫，但天空阴云密布，又让人觉得莫名的憋屈烦躁。朋友们说：今天是陈忠实先生的头七，也是举行追悼会、向先生遗体告别的日子。

原来是这样。

自从4月29日这位白鹿原上的大先生不幸逝世，悲痛和伤感便迅速弥漫开来，不仅是文化圈，不仅是陕西人，大家在回忆和他交往中的细节，在诉说这位“好老汉”的朴实、冷倔，在分析和解读他的作品，在感伤中国文人的处境、命运。

与此同时，几乎整个中国也被另一个陕西青年的死震动，因为这个本来可以避免的早逝背后，是依靠性病小广告起家据称已掌控了全国80%以上民营医院的莆田系。西安电子科技大学计算机专业大学生魏则西，因身患滑膜肉瘤，通过百度搜索找到武警北京总队第二医院，花费了二十多万元医疗费接受了该院声称有效率达到百分之八九十的“生物免疫疗法”却未见好转，最后于今年 4 月 12 日去世。

陈忠实与莆田系，一个北方白鹿原下的大作家，以及由他引起的关于同样早逝、同样荣获茅盾文学奖、同样给了无数人心灵滋养的陕西作家路遥的回忆；一个南方沿海边的大商帮，以及由他们掌控医院、红木、珠宝首饰、仿真名牌，甚至名山古刹的生猛手法和巨大能量。这两个话题不厌其烦地分别在朋友圈刷着屏，但他们之间的不同却使人不由得深思、忧虑、愤懑。

他们之间，谁是成功者？谁该被铭记？谁该被唾弃？谁应该成为中国人仰望和崇敬的对象？

按照一度流行的价值判断标准来说，莆田系堪称“成功表率”。其“带头大哥”詹国团自述：“九几年我成为中国的亿万富豪，我就算有钱的人，到现在我是有事业的人……我手下的亿万富豪、千万富豪、百万富豪太多了，这是我最自豪的地方，不但我自己做好了，还带动身边的部下大家都做好了。”早在 2006 年《瞭望东方周刊》就曾报道过，掌控中国民营医院莆田人如何坐拥豪车、豪宅、多金，甚至多妻，而像陈忠实这样声名赫赫的文坛大腕相当长时间里过得清贫，甚至穷苦。他曾长期蜗居在办公室里，因为分给他的那间小房子给孩子做了婚房，他叹息：干了一辈子给娃结婚连个房子都置办不起。陈忠实坦承自己是到卖出《白鹿原》的影视改编权之后才脱了贫。而路遥在小说《人生》获第二届全国中篇小说奖时，他手头一分钱也没有，弟弟想办法借了 500 元，赶到西安火车站当场买票，将路遥送上了去北京的火车。《平凡的世界》获得第三届“茅盾文学奖”时，路遥还得从弟弟那里借钱，弟弟再一次从延安赶到西安火车站将怀揣的5000元钱直接送到路遥手中，对路遥说：“你今后再不要获什么奖了，人民币怎么都好说，如果你拿了诺贝尔文学奖，去那里是要外汇的，我可搞不到!”路遥骂了句脏话便头也不回地进了火车站。

这样比较下来，陈忠实、路遥他们实在是太不成功了！不但不成功，而且还非常愚笨！当莆田系在玩投资大量制造着财富的时候，他们还在坚持自己的情怀和理想，不蝇营狗苟于为稻粱谋，仍呕心沥血于为时代书写、为人民书写。当莆田系狡猾地俯视着为病痛折磨的芸芸众生，熟练地运用“病很重，能治好，但要花大钱”的欺骗套路“治病害人”时，陈忠实、路遥们还在虔诚地仰望着星空，思考这个国家的前途命运和这一方土地上人民的爱恨情仇。在莆田系在祖师的带动下，以“刀枪棍棒出名声，琴棋书画弄寸光”的豪气聚揽财富、不断制造数以万计的富翁时，今天的北方至少陕西广袤的土地上，还有无数文学青年、中年，还像他们的精神导师陈忠实、路遥一样，凭着冷娃的二杆子气，将文学作为终生的事业，默默写作，只问耕耘，不问收获，至死方休!

可是，事实并非如此，公道自在人心。

几天来，我所看到的关于莆田系的好多文章，都充满着不加掩饰的必欲去之而后快的深恶痛绝，而我看到的每一篇关于陈忠实的文章，都充满尊敬、惋惜和不舍的痛苦，例如“逝者陈忠实：长安城里的一等君子”“纪念陈忠实：白鹿原后不读史”“遥望南原觅白鹿”“21 世纪的民族魂，关中人民的优秀儿子”“陈忠实，我们时代的一个文化 Logo（徽标）”“多好的老汉”等。

何为成功？古人有言：“太上有立德，其次有立功，其次有立言；虽久不废，此之谓不朽。”立德也者，圣德立于上代，惠泽被于无穷，陈忠实先生正直诚朴、淡泊名利，言为士则，行为世范，可当之。立功也者，拯厄除难，功济于时，陈忠实先生厕身劳动生产一线，献身优秀文化建设，“为陕西的基层文化建设，文学队伍的培育和打造奠定了基石，做出了贡献”，可当之！立言也者，言得其要，理足可传，其身既没，其言尚存，陈忠实先生“为天地立心，为生民立命”，巨著《白鹿原》，雄奇大诗篇，豪放雄浑，深沉慷慨，波澜壮阔，丰厚隽永，已成为当代中国文学的艺术标杆和精神标识，可当之。20 多年中，《白鹿原》经受住了历史的检验、艺术的考量和读者的筛选，成为中国当代文学的经典作品，具有无可争辩的经典意义。对于一个人来说，举国哀悼，大作遗世，流芳千年，这样的“身前生后名”难道不是一种最可歌颂的大成功？

相反，不义而富且贵者，无论是损人利己，还是损公肥私，如莆田系之流，哪怕有一时的小人得利、鲜衣怒马和廉价喝彩，但是这些泯灭了人性、沾染着同胞血的财富，这些建立在沙滩上的所谓辉煌，这些最为浅薄的所谓荣耀，这些最为可耻的所谓成功人士，必定会遭到法律的严惩，终究会被钉在历史的耻辱柱上，任人指点唾骂。

斗指东南，维为立夏。陈忠实和莆田系同时站在我们面前，朴素的老汉成了整个民族高山仰止的精神高地，奢富的财团及其背后的罪恶被网民层层剥开，被蔑视仇恨的目光围观，被唾弃在罪恶的深渊。围观者们似乎有了一点清醒，原来作恶者的成功不是真的成功，只能够叫作“得逞”！就像今天朋友圈里有人说的：长安城里死了两人，一老，一小。老的是白鹿原上最好的先生，小的用自己的生命戳穿了互联网+医疗暴富神话的大学生。老的用毕生的心血给自己垫了本可以当枕头用的书，小的用知乎的长篇为这个时代最风光的大腕儿们挖了个坑。老的走了，提醒我们脊梁宁断不能弯；小的走了，提醒我们赚钱不能昧了良心。中国人的气节，就在这一老一小的警示下像大秦岭上雪压的青松一点一点挺起来！

悲痛之余，也许我们应该庆幸，在这个夏天开始的时候，我们可以通过陈忠实和莆田系这两面镜子，缅怀与汲取那些伟大的精神，认知和扫除那些污染社会和心灵的丑恶，走出那些龌龊自私可耻的罪恶深渊，师法前贤，知耻知勇，向上向善，重新定义我们的价值观，重新认识成功的意义。

电动自行车行路何其难

电动自行车的非典型性发展之路

没有准生证的科技成果。20世纪80年代，电动自行车就开始在市场上出现，90年代电动自行车产业形成，出现了商品化的电动自行车。这种电动自行车造型十分简单，看上去与普通自行车没有两样，只是在后衣架上或侧面安装了一个塑料盒，甚至是帆布包，用于安放蓄电池。随后又出现了在前斜梁上安装塑料电池架和电池盒的简约型电动自行车。这时电动自行车还没有取得准生证，也就是没有国家统一的标准，或者说这种产品还没有得到生产许可，也没有规范，直到1999年电动自行车的国家标准《电动自行车通用技术条件》（GB 17761—1999）颁布，标准中定义了电动自行车的概念，相关规定：电动自行车重量不超过40千克，最高时速不高于20千米/小时，电动机额定输出功率不大于240瓦，蓄电池标准电压不大于48伏，其30分钟的脚踏行驶距离不小于7千米。

有了准生证，依然报不上户口。电动自行车的国家标准出台后，却仍然无法在道路上正常行驶，原因是报不上户口。当时施行的《中华人民共和国道路交通安全管理条例》（1998 年 8 月 1 日开始施行），其中没有电动自行车的相关规定，该条例第三条对车辆的概念进行解释：本条例所称的车辆，是指在道路上行驶的下列机动车和非机动车：（一）机动车是指各种汽车、电瓶车、摩托车、拖拉机、轮式专用机械车。（二）非机动车是指自行车、三轮车、人力车、畜力车、残疾人专用车。显然电动自行车不在此条例所列举的“车辆”范围之内，这一条例一直施行到 2004 年 5 月 1 日，在此期间，对于已经在街道上通行的电动自行车，公安机关交通管理部门也不知道如何管理，因为从道路交通安全管理的角度来看，电动自行车的性质不明，这个有着电动驱动装置的新生事物是机动车还是非机动车？应该行驶在哪个车道？该不该实行登记？按什么标准进行登记？对电动自行车使用人的交通违法行为怎么处理？发生交通事故以后怎么处理？道路交通安全管理部门的无所适从，使得电动自行车游离于正常管理之外，以一种“半地下”状态存在着。

面对这样一些道路交通参与群体中出现的“新物种”。交通管理部门心情很矛盾，因为如何管理没有任何依据。买了电动车的人也很痛苦，有人骑车上路被交警拦住，没有处罚却被告知“没有路权”，不准上路，推着电动车去交通管理部门挂牌，被告知没办法挂。两难之下，一些城市开始对这种属性不明、难以管理的交通工具下了封杀令，采取“禁行措施”：

2002年7月，北京交通管理部门发出通告，明确表示将不发展电动自行车；2003年6月，福州市全面禁止销售电动自行车。

定性之后，电动自行车的春天到了吗?

“忽如一夜春风来”

2003年10月28日，全国人大通过了《中华人民共和国道路交通安全法》，明确了电动自行车为非机动车，正式承认了电动自行车上路行驶的权利。这一带有“解禁”“定性”性质的规定极大地刺激了国内的电动自行车产业。一时间电动自行车飞速发展，调查显示目前中国已经是拥有世界上最大电动自行车消费群体的国家。中国自行车协会估算，2005年我国电动自行车保有量已超1500万辆，2006年的整车产量比2005年的1200万辆增加了1/3，达到1900万辆。许多地方政府也在地方立法中正式为本地电动自行车上路通行开了绿灯。

但是，出乎很多人的意料，《中华人民共和国道路交通安全法》明确了电动自行车的属性和路权之后，仍然有一些地方出台了新的针对电动自行车的禁行措施。2005年5月27日，珠海市第六届人大常委会第十次会议通过《珠海经济特区道路交通安全管理条例》，从2005年7月1日开始起实行。该条例规定对电动自行车不予注册登记，禁止在道路上行驶，外地电动自行车一律不得进入珠海，若违法上路，交通管理部门可以扣留车辆并处以罚款，其立法理由是电动自行车在人行道上与行人混行容易造成危险。

2006年11月，广州市公安局发布了《关于对电动自行车和其他安装有动力装置的非机动车不予登记、不准上道路行驶的通告》。此举在广州乃至全国引起轩然大波。广州全面“禁摩”“禁电”的理由主要有：摩托车、电动自行车速度较慢，其他车辆为了避让而放慢速度，影响了道路的通行能力；他们不按交通规则行驶及电动自行车的质量不合格，导致交通事故频繁发生；坏人容易利用电动自行车实施飞车抢夺等。据说还有一个背景：广州原来非机动车道比较完善。这几年为了发展、便利机动车，绿化带被拆除了，大量的非机动车道被牺牲了，也就是说广州市基本没有非机动车道，这个现实恐怕也是有关部门禁行电动自行车的出发点之一。

虽然有关方面声称，“禁电”是出于广州城市发展规划的需要，是符合绝大部分公众意见的决策，因为已经经过社会调查、听证等环节，但是更多的来自民间的声音对这一禁令的合法性和合理性提出强烈的质疑。有人断言，缺乏市民认可的禁令，仅靠强力来执行，最多得效于一时，而不能得效于长久。也有人认为，电动自行车之所以屡遭禁令，是由于坐小轿车的人在背后决定着电动自行车的命运，问题实质是利益博弈问题。他们举出的例子是：在汽车厂商赞助之下，国内某知名大学交通学院院长就可以研究出“中国城市环境污染是由自行车造成的”的结论。

陕西在地方立法中对电动自行车“放行”

2005年7月30日，陕西省第十届人民代表大会常务委员会第二十次会议通过了《陕西省实施〈中华人民共和国道路交通安全法〉办法》，这部于当年10月1日实施的地方立法的第十六条规定：电动自行车、残疾人机动轮椅车，经公安机关交通管理部门登记并领取牌证后，方可上道路行驶，但不得从事营运活动。登记时只可收取牌证工本费。

在《陕西省实施〈中华人民共和国道路交通安全法〉办法》立法过程中，法条的起草者也面临三种选择：其一，在地方法规中明确规定在陕西电动自行车可以上路，充分保护群众选择电动自行车这种交通工具的权利；其二，关于电动自行车暂不予规定，待以后再根据情况确定：其三，借鉴珠海等地做法，对管理中暴露出许多问题（主要是超标车太多）的电动自行车予以“禁行”。最终，法律的起草者经过多次激烈讨论，立法者在保障广大群众出行权益上形成了统一认识。大家认为，电动自行车花费低廉，只要充电就可以了，花费比公交还要便宜；方便、省力，不用像公交车常常会塞车，有时候还要换乘车，速度比自行车快一些，为普通百姓的出行提供了便利，而且发展电动自行车可以节约能源，减少废气污染。因此，在陕西的地方法规中应该允许电动自行车上路，而这样的规定也得到了大部分群众和省人大常委会大部分委员的支持。

然而，电动自行车的“变形”产品严重影响道路交通秩序，安全隐患突出也是事实。

人们对于同样价格之下更高性能的本能追求和商家对于利润最大化的本能追求相结合，推动了电动自行车的功率不断加大，行驶速度不断提高，很快就出现了完全采用踏板摩托车外观而由电池驱动的“轻摩化电动车”，以及“电动三轮车”“老人代步车”等“变形”产品。这种边缘的产品在各地还没有开始对电动自行车进行规范管理的时候大行其道，因其具有摩托车的方便、快捷，以及介于电动自行车和摩托车之间的速度，但又不像摩托车那样要上牌和不断加油“烧钱”，所以无论是销售还是使用，都非常受欢迎。但是，这些严重超出了国家标准《电动自行车通用技术条件》的产品，在非机动车道上行驶时带给其他非机动车驾驶人的危险也大大增加。电动自行车本来限速 20 千米/小时，但部分“轻摩化电动车”时速已达 60 ~ 70 千米，引发了大量交通事故。加之“轻摩化”电动车产品和很多电动自行车随意穿行于机动车道和非机动车道之间，与自行车、汽车争道行驶，带来交通秩序的混乱，电动自行车也因此被冠以“马路杀手”的恶名。

同样的问题，在陕西的街头也存在，对于电动自行车，如何既能保障合格的电动自行车上路行驶的权利，又要杜绝不合格的电动车鱼目混珠进入道路影响交通秩序和交通安全？唯一的办法就是对电动自行车加强管理，根据《中华人民共和国道路交通安全法》的授权和国家关于电动自行车的强制性标准设定一个“准入”关，把那些超标车挡在道路之外。因此，《陕西省实施〈中华人民共和国道路交通安全法〉办法》中才明确规定：电动自行车必须登记并领取牌证后上路行驶。

其中明确规定电动自行车挂牌只收牌照成本费用，尽量减少群众的经济负担。登记是对日趋主流的电动自行车进行有效管理的第一步。登记是为了管理，对电动自行车的管理包括简便确定所有权、防盗，打击利用电动车进行的违法犯罪行为，确定交通违法行为进行纠正和处罚等。

谁该为超标的电动自行车埋单

陕西省西安市自开始受理电动自行车登记开始，许多西安市民就遭遇到无法挂牌的尴尬：他们买的是超标电动车，不符合国家统一的电动车标准。电动自行车达标与否主要看四个方面：一是是否用电池或蓄电池来驱动，二是重量是否超过 40 千克，三是时速是否超过 20 千米，四是是否有脚蹬功能。据西安市公安局交管支队车辆管理所非机动车管理科估计，现在西安市民已经购买的二十多万辆电动车中，超标电动车保守的数量也在 10 万辆以上。实际上，同样的问题在全国其他城市也存在。上海在给电动自行车上牌过程中，上海市消费者权益保护委员会连续接到多起有关电动自行车无法上牌的投诉，其主要原因就是厂家生产的电动自行车超标。广州“禁电”前保守估计有 30 万辆电动自行车，而广州市公安局相关领导则称，“很负责任的调查结果”是：合乎条件（达标）的电动自行车是 2 万 ~ 3 万辆，大部分电动自行车都是超标车。据调查。2005 年我国生产的电动自行车产量有 40% 以上的产品不符合国家标准要求。

无法登记意味着无法上路，无法上路通行，这些电动车就只能成为“摆设”。对于许多老百姓来讲，这个损失实在太大了。谁该为这些超标电动车埋单？

仔细分析一下这件事，生产厂家、市场监管部门和消费者个人都负有责任。但主要的责任应该由超标车的生产厂家和经营的商家承担。生产厂家在趋利心理的支撑下，无视强制性的国家标准，一味迎合消费者追求最大便利的购买心理，生产出功率尽可能大、车速尽可能高、消费者购买欲望最强的电动车，并且对消费者充分强调超标车的实用性，而完全未告知使用中可能遇到的政策障碍。因此，有责任感和长远目光的生产厂商应该主动“召回”这些无法使用的电动车，或者免费对其超标部位进行更换、维修，切实维护企业形象，重新建立电动自行车市场良好秩序，最终生产厂家是最大的受益者。工商、质检等市场监管部门职责履行的缺失和公安交管部门的管理困惑也是造成这一现象的重要原因。当前，对于严重超标、质量低劣，也根本不是正规厂家生产出来的电动自行车，应该强制报废，但可以采取政府赎买或适当补偿的温和措施进行。作为消费者也应该吸取这一教训，在选购商品时应该尽量全面了解相关情况，不能只见其利，不见其害。

在某种意义上，国家强制性标准就像一双为了确保安全而综合各方因素做出来的鞋子。电动自行车必须穿得上这个鞋子才能上路通行，而电动自行车就像一双不断发展长大的脚，强烈要求换一双更大的鞋子以便更快地奔跑。是让“脚”适应“鞋”，还是修改“鞋”以适应“脚”?

据称，国家强制性标准一般五年修订一次。电动自行车的国家强制标准2004年修订，2004年4月150家电动自行车企业向国家标准化管理委员会提出书面申请，质疑由中国自行车协会提出的新的电动自行车国家强制性标准（下称新国标），并要求暂缓公布，焦点仍然是电动自行车的最低行驶速度、最小重量、最大宽度等指标的确定。他们的请求得到了国家标准化委员会的支持。然而三年过去了，这一标准仍在中国自行车协会与电动车厂商的拉锯战中，迟迟没有出台。

作为社会大众，对于这个标准，我们只有期待。期待这个标准的出台，既不会引起交通秩序的混乱，也不过多限制我们追求出行便利的权利。

对民间反扒组织应该大力支持、充分利用

海口市警方对民间反扒组织予以“收编”，我认为这是一个因势利导、善借民力、提升“打防控”一体化建设水平的高明之举。

第一，对于公安机关来讲，“收编”民间反扒组织是坚持专群结合的具体举措，是凝聚各种社会防控力量的必然要求，是加强综合治理有效手段。民间反扒组织主要是由一些富有正义感、责任感，痛恨城市中日渐猖狂扒窃行为的市民组成，他们利用自己的业余时间，自己承担费用和风险，以自己的力量维护城市的良好秩序。另外，作为治安防控的主力军，公安机关治安管理部门却因警力严重不足，难以应对形势的需要。公安机关“收编”民间反扒组织，既有效利用了民力，又切实顺应了民心，真正做到了社会治安社会治、公共安全公共抓，是一件两全其美的好事情。

第二，对于民间反扒组织来讲，这种“收编”鼓舞了他们嫉恶向善的正义之举，使他们的自发行为有了政府职能部门的支撑和规范，提供给他们必要的专业技能培训，提高了打击

扒窃行为的效率。目前民间反扒组织普遍面临没有名分、没有安全保障、没有专业知识等许多困难，亟须公安机关的支持和帮助。如果对群众反扒的意愿视而不见，对民间反扒的力量放任自流，这种漠视对群众积极参与社会治理的自觉性将产生极大的伤害，也会使群众与公安机关产生距离，加深群众对公安机关的误解。

第三，海口市警方对民间反扒组织不发报酬、禁用警械的做法恰恰是不影响"收编"行为合法性的必然选择。民间反扒组织是建立在社会道德的基础之上的，他们的基本特征是无偿、公益、自愿，结构松散，获取报酬、担任协警不是他们的目的，否则民间反扒组织的纯道义基础会受到影响。海口警方所采取的这种"收编"，是警民之间围绕维护社会治安秩序这一共同目标而结成的紧密配合、互相支持的合作关系。禁止民间反扒人士使用警械更容易理解，毕竟他们不是警察，公安机关无法授权他们使用警械。海口警方向反扒组织提供法律和技术的帮助、组织义务反扒员和民警一起从事反扒活动以及为反扒人士购买保险的做法值得各地公安机关学习和推广。

正确理解“领导”二字的真正含义

“领导”和“群众”是一对相对词语，正确理解“领导”一词的含义是践行群众路线的认识起点。据说“领导”这个词来自英文“leader”的音译。领者，带路也；导者，指引，启发也。两字组合起来完美地表达了这个词的本义。但是令人遗憾的是，当这个词语与某些人根深蒂固的官本位思想勾兑之后，意义就发生了改变，不仅使自己神迷，而且使他人目眩。那么到底什么才是领导？我们不妨抛开管理学中的晦涩定义，利用逆向思维和历史事实，来探究一下领导的本质。

首先，领导不是皇帝，也不是国王；何谓君主？代天行使权力，至高无上，一言九鼎，君叫臣死臣不得不死。何谓国王？在中国是最高一等的封爵，在中世纪的西方是在自己领有的王国内部仅次于神圣罗马帝国皇帝的最高统治者称号。“溥天之下，莫非王土；率土之滨，莫非王臣”，我的地盘当然我做主。事实上，领导的权威如何形成，领导的地位如何造就，有一位真正的“皇帝”曾给过一个著名的回答。法兰西第一帝国皇帝的拿破仑·波拿巴一生战功无数、威名赫赫，他既是军事家，又是政治家，还是数学家，人称“奇迹创造者”。传说他在率军征服意大利的战争中发现一名哨兵睡着了，就亲自替他站岗放哨，士兵醒来后感到十分害怕，拿破仑却和蔼地说：“你们艰苦作战，又走了那么长的路，打瞌睡是可以谅解的。但一时的疏忽就可能断送其他战友的生命，下次可要小心。”拿破仑正是凭着深入士兵、关爱士兵极大地激励了法国军队，从而创造了个人辉煌的。在巅峰的时候，拿破仑同时兼任着意大利国王、莱茵联邦保护人、瑞士联邦仲裁者。他站在阿尔卑斯山上豪气万丈：“我比阿尔卑斯山还高！”但是，巨大的胜利和荣誉的光环使得拿破仑变得刚愎自用、盲目自大，对此，鲁迅有段精彩评议：“‘我比阿尔卑斯山还高！’这何等英伟，然而不要忘记他后面跟着许多士兵；倘没有兵，那只有被山那边的敌人捉住或者赶回，他的举动、言语，都离了英雄的界限，要归于疯子一类了。”事实也正是如此。直到滑铁卢战役惨败后被流放到圣赫勒拿岛，拿破仑在总结打仗的教训时，既没有归因于武器装备，也没有归因于战略战术，而是意味深长地说了一句：“好久没有和士兵一起喝汤了！”

其次，领导不是主人，也不是老板。我们的社会管理系统中，领导和下属、群众之间，不是中世纪时的领主与骑士，或者中国古代的主人和门客，只有工作分工不同，没有高低贵贱之分，更没有人身依附关系。一段时间以来，有的领导很愿意被称为“老板”，似乎这样就意味着大权独揽，管人管事可以随心所欲、说一不二，其实，真正明智的“老板”绝不会有这样庸俗的权力贪恋的。杰克·韦尔奇是一位卓越的管理大师，被称为“全球第一 CEO”（CEO，首席执行长），《财富》杂志把他作为 20 世纪美国 CEO 的化身。他明确说过：“我讨厌管理，最喜欢领导。成功的公司之所以取得成功，是因为它们有很多的领导者，而他们之所以有很多领导者，是因为它们能够有意识地、系统地‘生产’领导者。这正是商界成功者和失败者之间的区别。”他认为，管理越少，企业越好，必须与控制欲强的、保守的、暴虐的管理者断绝关系，从监视者、检查者、乱出主意者和审批者，转变为提供方便者、建议者、业务操作的合作者。正是在这样的科学理念指导下，杰克·韦尔奇在通用取得了辉煌的业绩，担任通用电气公司董事长兼 CEO 时，公司的市场价值由过去的 120 亿美元上涨到超过 4000 亿美元，并且一直被公认为是管理最优秀与最受推崇的一家企业，其投资回报率比巴菲特、盖茨的公司还高。

最后，领导不是监工，也不是法官。领导不是单纯的管理者和裁判者，不能只做单纯的规范刻板的监督性工作，而是要侧重于对人的指挥和激励，中国古人说的“轻财足以聚人、律己足以服人、量宽足以得人、身先足以率人”就是这个道理。1937 年 10 月，美国著名记者埃德加·斯诺的不朽名著《红星照耀中国》首先在英国出版，作者真实记录了在陕甘宁边区进行实地采访的所见所闻，向全世界真实报道了中国和中国工农红军以及许多红军领袖、红军将领的情况，使西方人了解中国共产党人的真实生活。斯诺写道，红军指挥员中的伤亡率很高，他们向来都同士兵并肩作战，团长以下都是这样。一个外国武官曾经说，单单是一件事情就可以说明红军同拥有极大优势的敌人作战的能力了。这就是红军军官习惯说的“弟兄们，跟我来”，而不是说“弟兄们，向前冲”。斯诺还发现了红军中的一些细节，例如从最高级指挥员到普通士兵，吃的穿的都一样。“我注意到，他们弄到美味食物甚至大家平分……指挥员和士兵的住处，差别很少，他们自由的往来，不拘形式。”

群众路线是我们党的生命线和根本工作路线，党执政后的最大危险是脱离群众。党的群众路线教育实践活动开展之际，全党同志尤其是身处领导岗位者，应该吸取历史的残酷教训，学习先烈的高风亮节，领会前贤的谆谆教诲，仔细审视自己的一言一行，知道什么才是真正的“领导”，如何发挥好真正发挥好领导职能。

民警为什么对处警“心存恐惧”

近期，笔者到一个基层派出所与基层民警同吃、同住、同学习、同工作。这是一个连续八年被公安部评为一级派出所的优秀基层单位，在和基层民警座谈的过程中，我深深被他们的工作热情和奉献精神所感动。座谈中，大家也谈到许多工作过程中遇到的困难和问题，一位民警坦言：现在每次处警都提心吊胆，其他民警都表示此言不虚，并分别举出实例。他们的顾虑，引发了笔者的一些思考。

一、担心遭遇群众的批评谩骂而无地自容

我到所里的第二天，值班民警所处接到的第一个报警就是有人报称公交车上有人打架，民警立即出动，到达现场却未见人、车，打通报案人电话询问时遭到劈头盖脸的一顿骂，意思是民警行动太慢、架已经打完了。后来我询问得知，这种情况比较普遍，更常见的是民警刚刚处理完一个现场到达下一个现场后，被盗财物或者发生纠纷的受害人，当街对处警民警的恶

语相加、侮辱谩骂：你们都是干什么吃的？为什么几分钟之内没有到达现场？等。民警辩解或者制止时，甚至会升级为对方动手推搡或者围观者群体谩骂。遇到这种情况，民警往往束手无策，只能默默忍受，这在“熟人社会”特征明显的城镇中，使得长期居住于此、工作于此的民警颜面尽失，难以忍受但又无可奈何，职业自豪感和荣誉感受到极大冲击。

相关新闻

1. 2013 年 2 月 5 日，上海 5 男 2 女醉酒马路大闹，围攻派出所殴打警察。(新华网)

2. 2013 年 4 月 19 日 20 时，南昌市公安局徐家坊派出所清查出租房和暂住人口时，遭多人持械围殴，致 2 名民警和巡防员被刺伤，嫌犯还搜出警官证手机拍照，威胁打击报复民警家人。(今视网)

3. 2013 年 5 月 6 日，江西萍乡市发生一起暴力袭警案，一名盗窃嫌疑人持刀重伤 2 名民警，轻伤 1 名协勤。(法制网)

4. 2013 年 9 月 19 日凌晨，河南省安阳市公安局殷商分局民警在辖区一酒店门前处理警情时遭遇袭警，4 名警察受伤，一台摄录仪被抢走。(大河网)

5. 2013 年 11 月 13 日 13 时，吉林一男子因未按规定行驶，被执勤交警拦截，车内两名男子突然下车用路边路障殴打执勤交警，致一名警察、一名协勤受伤。(中国新闻网)

思考：
警察为何成了“弱势群体”？

警察是一个威武光荣的名称，他们从来都是孔武有力、刚强无私的，几乎每一个从警的人心中都曾洋溢着英雄主义情结，都曾怀抱着匡扶正义、惩恶扬善的雄心壮志。曾几何时，群众对于警察也是充满了信任和欣赏，蹒跚学步的幼童，最早认知并且敬慕的职业往往就是警察；“捡到一分钱”这样的日常小事，只有“交到警察叔叔手里边”才算放心。曾几何时，一名便衣警察喊一声“我是警察”就足以平息十多人的街头械斗，时至今日几名全副武装的警察也难以制伏一名当众撒泼的妇女。警察受到的社会尊重越来越淡薄，受到辱骂批评的机会却越来越家常。笔者以为，其中缘由，除了社会“包容度”降低、“戾气”增长等大环境方面的原因之外，反映了公安机关在自身的形象塑造方面仍要下更大力气。一方面，要注重警察“公正廉洁”形象的树立，切实提高警察的执法公信力。群众指责警察，往往基于个人合法权益无法得到公正保护这一判断，如认为警察故意偏袒争执的另一方，或者认为因为民警的迟到自己失窃的财物已经没有重新找回的可能，从而把自己因遭受损失引起的不良情绪转向民警。要想让群众保持“求助”心理而非产生“抱怨”心理，就要树立公正廉洁的执法形象，绝不轻视事关群众利益的“小案”，让群众充分信赖自己的合法权益一定会得到及时有效的保护、公平合理的处理，从而产生对民警的依赖和信赖心理。另一方面，要注重警察“勇武刚强”形象的树立，切实提高警察的职业自豪感。管理学上有个“破窗理论”，是指环境可以对一个人产生强烈的暗示和诱导，环境中的不良现象如果被放任存在，便会诱使人们仿效，甚至变本加厉。从社会治安管理看，该理论强调警务部门应防微杜渐，以“零容忍”态度重视街头犯罪等一些轻微犯罪。但对于警察形象的维护而言，该理论依然适用。正是由于谩骂攻击警察的行为没有受到应有的制止和惩戒，正是由于某些地方不恰当的强调“骂不还口、打不还手”，才会引来越来越多的谩骂和攻击，人人得而欺之，甚至连柔弱女子也频频对警察“打耳光”，如媒体报道的“女医生因新皮鞋被划坏不服调解扇警察耳光”“初中老师违规骑电瓶车被拦3耳光将交警打肿脸”……如此下去警察几无执法权威可言，更何谈执法效能提升？因此，必须重新树立警察勇武刚强的社会形象，强化警察凛然不可犯的浩然正气，鼓励民警在遭遇侮辱、谩骂和攻击时果断控制、依法处置，理直气壮为民警的执法行为撑腰打气。如此，才能更多激发民警的荣誉感、自豪感和“正能量”，更多提升基层的实力、活力和战斗力，才能更好履行“打击犯罪、保护人民”的神圣职责。

二、担心遭遇犯罪分子攻击而无力自保

调研中了解到，派出所只有一把枪，采取“三铁一器”、

专人保管、双人双锁、枪弹分离等保管、防护措施，用枪严格实行所长审批。近年来该所几乎没有用过枪，据我所知，这种现象，并非这个派出所独有，而更近于普遍现象。原因一是领导一般情况下不敢给，怕出事。有些领导深知涉枪无小事，而一旦出现问题，对本部门的利益以及自身的利益将会产生很大影响。二是民警也不愿带，带枪也没有太大威慑力，人被打伤了不要紧，枪被抢走麻烦就大了。三是相当数量的民警不能熟练用枪，有的民警只有新警训练时摸过枪，到工作岗位后再也没有进行过射击训练。有民警不无忧虑地说："现在我们处警几乎是凭运气，运气不好的话，遇到手持凶器、穷凶极恶的犯罪分子，不但无法保护人民群众的生命财产安全，甚至连自身安全都无法保证。"

相关新闻

1. 2013 年 7 月 23 日上午，西宁市城北区政府组织相关部门实施行政拆除过程中，一名群众报警称发生斗殴事件。大堡子派出所 1 名民警、2 名警校实习生到现场出警时，遭现场城建拆迁人员殴打，被打民警任某说："在殴打过程中我始终保持高度的克制，没有还手，更没有拿手枪指着任何人。"任某称他们对其殴打过程中，手枪被强制夺走，是随后赶来增援的民警帮其找回了枪。现场群众反映，当时民警高喊"枪是我的生命，谁也不能动我的枪"。(京华时报)

2. 2013 年 8 月 19 日晚间，昆明市宜良县公安局古城派出所三名出警人员在处理一起因停车发生的冲突纠纷过程中，遭到其中一方当事人持械攻击，致使3名出警人员受伤。出警人员在使用催泪瓦斯制止无效、警棍被击打落地的情况下，使用配枪鸣枪示警，但仍然再遭到持械暴力攻击，进而抢夺枪支，过程中枪支击发致3人受伤。(昆明信息港)

思考：

如何破除警察用枪困境?

警察是拥有武装和特殊强制手段的国家行政力量，枪支是公安机关打击犯罪的基本武器。依法有效地使用枪支，是人民警察履行法律职责的重要条件，也是构成警察执法能力的重要一环。诚然，警察非法使用枪支的个例的确存在，影响的确比较恶劣，但是如果因此就变相禁止全体民警的用枪，所产生的后果更加严重。当警察自缚手脚、放下武器，赤手空拳与犯罪分子作斗争时，付出的牺牲必然是非常惨重的。据有关资料统计，在2000年1—8月发生的全国因遭受暴力袭击牺牲的31名公安民警中，未携带武器、警械者11人，携带武器、警械未使用或未命中者6人，两项占总数的54.5%。而我省近年来因遭受暴力袭警而造成民警受伤牺牲的实例也屡屡发生。我们更应清醒地认识到，暴力袭警甚至公然夺枪不仅是对警察个体人身权利的伤害，更重要的是对整个社会执法环境的破坏，对国家公权力的公然挑衅。从这个意义上说，保证警察能够依法用枪、合理用枪，不仅是保护警察自身的需要，更是发挥警察职责、维护法律尊严的基本要求。第一，要完善规范，便于操作。我国现有的有关于枪支使用和管理方面的法律、法规过于原则，缺乏可操作性，应在枪械使用的实体和程序方面进行更为完善、严谨和科学的规定，从而消除民警使用武器的思想顾虑。第二，要简化程序，保障用枪。尽管由于枪械使用的暴力性对其管理一定要谨慎和严格，但是不能因噎废食、矫枉过正、忽略警察的生命权和健康权；尤其是在枪支申领制度中，应当取消过于繁杂的程序，以保证民警在需要枪支时能够及时拿得到。第三，要加强培训，提升技能。新加坡警方要求一线工作的警员每年必须实弹射击 4 次，每次 50 发子弹，并将考核成绩记录在案，作为晋升的依据之一。我国香港特区，一线警务人员每年必须进行 3 次枪械训练，每次训练不少于 2 小时，78 发子弹，考核的时候主要强调实战中的枪械使用能力。我们也应该在警衔、职务晋升、年度考核等方面有这样的硬性规定。第四，要区别情况，合理带枪。毕竟大多数一线警察日常面对的多是一般治安案件，绝大多数是普通民众，警察没有必要整天挂着枪，而是应该明确：对于执行有高度人身危险的任务，或者没有枪支无法制服犯罪分子的情形，应该携带枪支；对于处置群体性事件、醉酒闹事等情形，一般应携带约束性警械而不宜带枪。

三、担心遭遇部分非警务救助而无法处置

座谈中民警反映，公安机关多年来一直对外宣传“有警必接、有难必帮、有险必助、有求必应”，一直努力以更好的

服务赢得民心，致使大量社会管理领域的事务全部涌到公安机关。有时民警接到群众关于受伤流浪、残障智障人士的报警后，立即赶到现场，救助站的工作人员也随后赶到但见已经有警察处置就站在远处袖手旁观，等到民警护送到救助站时，救助站又以各种借口拒不接受，最终民警不得不采取迂回办法解决：或者通过“请吃饭”“拉关系”等方式请求救助站接收，或者寻求熟人以群众的身份送到救助站去。还有民警对于公安机关慰问救助贫困群众的要求表示不解：在警力严重不足的情况下，我们为什么要和民政部门抢活干呢？为什么要把警务经费花费在非警务活动上呢？有民警不无揶揄地说：“现在基层公安机关除了人事和财政不管，其余的事情都管。”

相关新闻

当前在执法执勤过程中遇到不属于民警职责范围的群众纠纷或求助日益增多，针对处理此类事件时，当事人不理解、辱骂、纠缠，围观人员滋扰起哄，事后恶意投诉、诬告诽谤等情形，分局做出如下执法安全提示：

1. ……

2. 遇有非警务求助时，要正确区分求助的类型，视实际情况，在不影响正常警务工作的前提下，尽可能给予热情帮助，不可一概拒绝；有紧急警务要处理不能提供帮助时，要向群众做好解释工作，避免群众误会，引发投诉。（外省某城市分局文件）

思考：
我们真的能当好“全能警察”吗？

如果说“有警必接”可以认为是职责所在，“有难必帮、有险必助”可以认为是道义所系，“有求必应”则几乎是纯粹的理想。事实上，这样大包大揽的做法混淆了基层政府职能部门的工作权限，大大加重了民警的工作负担，也并不能使群众满意。首先，“法治政府”必然意味着“有限政府”，作为政府部门的公安机关也只能是“有限警察”。党的十八大报告中提出建设法治政府的目标：依法治国基本方略全面落实，法治政府基本建成，司法公信力不断提高，人权得到切实尊重和保障。法治政府的基本特征是依法行政，政府包括其组成机构和所属的工作部门也都只能行使法律赋予的权力，所有行政行为都要于法有据，既不能不作为，也不能随意扩张。其次，要科学确定公安机关的职责任务和人民警察的权利义务，从法律层面避免“全能警察”现象。《中华人民共和国人民警察法》（以下简称《人民警察法》）是保障人民警察执行职权、履行职责的基本法律，其中没有关于人民警察性质定位的明确规定，规定的十四项职责也较为笼统，容易造成职能不清甚至滥用职权，建议在修订《人民警察法》时，明确定义警察是什么（性质定位）、应该干什么（职责义务）、不应该干什么（纪律约束），可以干什么（警务权限）、不可以干什么（非警务活动），这样既利于警察依法履职，又利于群众理解配合。最后，要专注于本职工作，切实发挥好自身职能。群众看警察，关键看破案。如果群众的生命财产安全能够得到有效保障，偶发的财产损失可以通过公安机关的高效工作迅速追回，民警对自己职责范围内的事能够积极勇为，群众对公安机关的满意度一定低不了。相反，如果警方不务正业、不分青红皂白一味地“有求必应”，甚至充当个别求助人的保姆（如给孩子送早餐等）或保镖（如派警车接送取较大数额现金的人），则涉嫌任意“挥霍”本属于公共资源的警力，也就是涉嫌间接损害其他群众的利益，从根本上来看群众是不会满意的。

四、担心遭遇领导批评和纪律处分而束手束脚

有民警坦言，现在民警身上的条条框框太多了，上级根据需要出台一些警令警规，在落实时层层加码，对民警的要求越来越多，一不小心就会“踩雷”。社会上有些人甚至互相鼓励着挑衅民警：别怕，他们纪律多！民警受到投诉或者诽谤时，有的领导不是实事求是地调查，而是为了息事宁人，往往采取“有罪推定”的思维方式——为什么别人没碰上这种事，还是你有问题，其结果就是牺牲民警的合法权益无原则换取妥协：民警没有过失也会被要求赔礼道歉、做出检讨，稍有过失则施以法外加重处罚，如果不幸被媒体报道，后果更是不堪设想。

相关新闻

笔者运用公安搜索引擎搜索，主题词为“警规警纪”时，找到约 52.9 万条结果；主题词为“民警维权”时，找到约 107 条结果。

思考：
高压下的民警渴望更多组织内的鼓励和信任。

公安机关是公认的权力部门，必要的约束和监督机制不能少，但是在社会压力不断加大的当今社会，人民警察作为一个高应激性、高对抗性和高危险性特殊的群体，其遭受的压力在所有应激职业中高居首位，其心理压力指数高于常人很多倍。有专家指出：警察的心理压力还来源于职业带来的孤独，警察角色所特有的危险性和紧张性使得他们总是感到自己被一种敌对的力量所包围。在这样的大环境下，队伍的内部管理上更应该注重从政治上关心、人格上尊重、精神上鼓励、工作上支持、生活上体恤，营造和谐、包容的气氛，真正让民警流血流汗不流泪，从而增强集体荣誉感和团队归属感。首先，要把大多数优秀民警和个别害群之马区别对待，避免“一人得病、全警吃药”。队伍中问题的发生，原因千差万别。要注意避免把个人的偶发性问题当成全警普遍性问题治理的做法。对于普遍性问题要坚持惩防并重，除了对责任者个体的处理，还要通过建章立制来预防和杜绝群体中再次发生类似事件；对于偶发的个案则要注意通过对队伍中害群之马态度鲜明的依法惩处，惩前毖后、治病救人，达到平复社会反响、教育广大民警的目的，一般不必再开展普遍性的全警学习教育活动。其次，要人性化管理，更多鼓励和信任，切实提高队伍的凝聚力。中国有句古语“士为知己者死”，说明如果下属认为组织可以依赖、领导值得信赖，则其工作热情和忠诚度都会大大提升。相反，如果民警面临媒体的污名化报道、社会大众的肆意指责时，领导过于“爱惜羽毛”，缺少应有的“担当”，态度暧昧、独善其身，别人怎么说民警自己就怎么批民警，势必会极大地消解队伍凝聚力和民警的工作积极性，给队伍管理带来严重后果。最后，要建立完善科学的激励奖惩机制，确保队伍始终保持昂扬斗志。在不安全感增加的情况下，民警开展工作难免束手束脚，形成“多干多错、少干少错、不干不错、多一事不如少一事”的错误认识，这就是消极厌战情绪产生的原因。要解决这一问题，必须建立科学的激励奖惩机制。韩非子曾提出“明主立可为之赏，设可避之罚”的主张，公安队伍管理中，还要注意个人目标和组织目标的有机结合，注意奖惩的公平合理，不断激发民警的工作欲望，提升整个公安队伍的战斗力。

我睡不着，请你表扬我

在新和老之间，我往往选择老的。读书，我喜欢 20 世纪五六十年代或者 80 年代的版本，哪怕纸张已经发黄，装帧过于朴素，内容也往往过时，可是最起码错别字少。那时候时间走得缓慢，人还有情怀、有敬畏，可以慢工出细活；今天追求的是效率和效益，包装和卖点承载的只能是物质方面的追求，即使写着“精神产品”也只能是投市场所好的标榜。看电影也是如此，我总希望看到经过时间挟裹仍然可以沉淀下的东西，而对流行和票房冠军避之唯恐不及。

惬意的周末下午，我想看个老电影。

这部《我睡不着》，是黄建新的作品，又叫《派出所的故事》。老吴是一名优秀的刑警，在一次解救人质的危急关头，老吴临危不乱果断开枪，击伤了劫匪，但原本患有心脏病的人质却因惊吓而死亡，家属不依不饶，老吴因此被调整——“下放”到了派出所。我想，如果我是老吴，在除恶扬善解救人质的强烈使命感促使下，开枪的瞬间会不会考虑到那万分之一的可能：人质可能有心脏病，而且可能会因我意图解救他的枪声而导致病发，能不能考虑到汹涌的使命感、巨大的成就感会因一个小概率事件而直接变为无尽的挫败感？

我恐怕做不到。千钧一发，全神贯注，任何多余的顾虑都会被自己解读为怯懦。因此，我也会开枪。

如果我也遇到这样的事情，我会因领导的坚持原则和敢于担当而逃脱被惩罚的厄运吗？实践证明，那几乎完全是运气和概率问题。好领导有，不好的领导也有，哪个多哪个少，很复杂，不好说。问题出了，群言汹汹之下，一句“害群之马”虽然可以置你这一匹马于死地，但是却可以救了“群”，主要是群主——领导。

到了派出所，老吴依然“不得宠”，因为他虽然经验丰富，群众满意，但实在不太乖顺，因此领导不满意。他不会在领导拿罚没款犒劳大家的事上保持沉默，说这违反原则。他从轻处罚了为给母亲治病而偷拿老板500元钱的农村姑娘，可他没有顾忌到老板是所长的“朋友”。还有，他端了所长“哥们”的涉黄娱乐场所，所长更是不能容他。因此，安排新来的警校毕业生小张老找他的茬，也是可以想象的事。

要命的是，由于忙于工作不能按时接送孩子，老吴十几岁的女儿被人强奸了。红了眼睛的老吴历尽波折找到的罪犯，不是自己打击过的顽劣分子，居然是诗书之家的“有为少年”。攥紧的拳头在颤抖中松开，浑浊的泪水从血红的眼角流下，悲愤，叹息，叹息，悲愤。老吴睡不着。

终于有机会回到刑警队，却又因老街坊们的挽留而放弃。

是啊，人民群众这么认可你，需要你，你会忘记了曾是多么希望离开，你不会拒绝群众的需要，于是只能留下。于是继续在看不惯自己的所长手下干事，还是那样只认事不认人，只想干成事不想“活好人”，悲剧也许就是这样注定的。

千辛万苦地破获一起杀人案，却被女嫌犯诬陷强奸，所长还趁机写了匿名信，内外夹击，几乎可置任何人于死地。冤屈可以死人的，历史书上写得满满当当，例如屈原、岳飞和袁崇焕。先停职再说！悲愤难抑走在大街上，遇到持枪打劫出租车的劫匪，忘了自己已被停职，因为肝胆在，心犹雄，徒手对枪、顽强搏斗，被击中头部。

死且不易！老吴睡不着，咽不下气，因为冤枉不平，罪犯未被抓获。幸运的是，重要人物力挽狂澜，终于拨云见日，摘了强奸嫌犯的帽子，抓了持枪劫匪，还原英雄本来面目。

老吴，你安息吧！

终于，老吴闭上眼睛。睡着了。

悲剧？喜剧？这就是高尚的归宿？世人皆浊，何不淈其泥而扬其波？众人皆醉，何不哺其糟而歠其醨？何故深思高举，自令放为？

似乎，理想主义总是易碎的，而现实主义、物质主义却是坚固的、顽强的、牢不可摧的。你要追求理想，就会自然变成飞蛾，寻找那燃放着崇高、责任、牺牲的烛光，烧焦自己、毁灭自己，而那些现实主义的蚊子，因为其可以麻醉人的天生禀赋，往往能在人肥白的身躯上安逸地吃个够饱！

解救崇高的，难道只能是“理想”？希望重要人物有足够的正义感、责任感的“理想”，希望总有一种力量可力挽狂澜。把自己的整个后背留给世界，只为追求前方的光明，这样孤注一掷，你或许以为自己是盗火为人的普罗米修斯，慷慨悲壮；可实际上更多的却是被目为每天推石上山的西西弗斯，滑稽可笑。

我的心绪无法平息，找一个喜剧看看吧。

请你表扬我！范伟扮演的民工杨红旗雨夜救人，他迫切地需要报社表扬一下自己。但被救下的女子死不承认，报社记者没办法写稿。

杨红旗为什么如此执着于这个表扬？首先因为他父亲。他垂死的父亲杨胜利是一个获过许多荣誉的“老先进”、老劳模，报上刊登过他的事迹和照片。父亲对杨红旗的唯一期望，是获得一次表扬，载体若是报纸，简直最好不过。

杨胜利是一个崇高无私的人——请尽量习惯我频繁地使用这一类词语，这是褒义，不是反话，更不是笑话。领来补助先帮别人，病入膏肓仍舍不得就医，他在追求荣誉的道路上苦行不辍，乐在其中。但在别人眼里，他因过于纯粹而不可理喻，因过于崇高而不可接近。

杨红旗是一个至诚至孝的老实人，靠力气吃饭，不偷不抢，不说脏话，因尊敬、孝敬父亲而需要获得这个表扬。因为在他心中，此事应该表扬，表扬可以让父亲高兴！

被救助的女生不愿开口，不愿承认，不愿再受第二次伤害。罪犯打算强奸我，你救了我，但为什么要让它公之于众，毁了我的一生？我们无法责问那个女生，她是受害者，躲避再次被伤害也是再正常不过的事。

最后，认死理的执着终于“强奸”了女生：记者发现了真相，自然使杨红旗得偿了登报受表扬的心愿，可是却深深伤害了想维护自己清誉的女大学生欧阳花。记者的叙述怜悯而痛苦，他挣扎在对与错之中无法选择，只能辞职逃走。

我们也无法责问杨红旗，善良、真诚、见义勇为、坚持事实、崇尚荣誉、孝敬长辈，这些行为的任何一点都找不出错。

该责怪谁？最后我甚至觉得杨红旗的悲剧是父亲杨胜利造成的，可是，可怜可敬的老劳模，本身的命运似乎更多一些悲壮的“悲剧”意味。

本是为了轻松，可这两部电影却越来越把自己拖进一团怎么也理不清的乱麻之中，我头晕脑涨，几乎不能呼吸。

拉开窗帘，长天一色，皓月当空，深邃辽远，不由得想起《春江花月夜》中的诗句，“江畔何人初见月，江月何年初照人？人生代代无穷已，江月年年只相似”，明月无言，曾有怨乎？曾有惑乎？曾有欲乎？曾有私乎？在这曾经照耀过无数古人的月光映照下，忧郁被一点点撕开，心胸渐渐被照得明亮起来，似乎开阔了许多。

手机响了，朋友问：“干吗呢？”

我说：“看月亮，还有睡不着，请你表扬我！”

朋友吼道：“你有病吧，下楼喝酒，赶紧的！”

强化战略思维，推进公安工作

清人陈澹然在《寤言二迁都建藩议》中说过，自古不谋万世者，不足谋一时；不谋全局者，不足谋一域。这里所谓的万世之谋，全局之谋，就是战略之谋。我们当前的公安工作中，最需要的就是放眼全局、抢抓机遇的战略眼光，最缺少的就是谋全局、谋长远、谋大事的战略思维。

如何理解“战略思维”

战略（Strategy）原本是一个军事术语，指的是在一场战斗背后所蕴含的宏伟构想，后来则衍变为对重大的、带有全局性的或决定全局的问题的谋划和策略。战略思维是指对关系全局性、长远性、根本性重大问题的分析、综合、判断、预见的理性思维过程，是领导者思维能力、思维水平、思维成果的高度体现。战略思维的成熟与否，不仅直接制约着领导者观察、分析、判断事物运动变化发展的立场、观点，而且直接制约着领导者的领导方法、领导艺术和领导绩效。

战略思维是马克思主义哲学世界观和方法论在具体工作中的生动体现和具体运用。战略思维就是善于着眼于全局和长远来观察、思考和处理问题，哲学作为具有普遍意义的世界观和方法论，不能不对战略思维产生指导作用，例如战略思维的基本内涵，首先是战略整体观或全局观，这是马克思主义哲学的唯物辩证法的全面性和整体性的要求。同时，正确的战略是对事物整体的、本质的、内部联系即规律的认识，属于理性认识的范畴，而共产党人理性思维的指导思想就是马克思主义，马克思主义揭示了人类社会发展的基本规律，是我们认识世界和改造世界的强大武器，因此也是我们党制定战略和策略的理论基础。

战略思维是一种总揽全局、放眼长远的宏观性思维，但也有层次之分。战略思维强调全局与长远。没有战略思维，就会把现象看作本质，把策略当成政策，把战略手段当成战略目的，把局部暂时利益当成整体长远利益。但是从哲学层面来讲，战略与策略的区分是相对的，一定范围内的策略问题，在更具体的范围内可以是战略问题，相对于更大范围的工作来说，某一特定的工作是局部，而相对于更小范围的工作来说，这种工作又具有全局性的性质。因此，无论是研究公安工作的整体战略，还是研究治安防范、侦察办案等具体问题、局部问题，都需要战略思维；无论是公安机关的各级领导干部，还是普通民警，想问题、做决策、抓落实都需要这种能力。

战略思维与中华民族文化史积淀下来的独特的思维方式一脉相承。中国传统文化往往都含有着眼全局、强调整体、追求和谐的特点，这是中国历史文化和经验升华而成的一种习惯的方法论，表现为中国人所特有的理智和含蓄的民族性格，“志当存高远”“深念远虑，胜乃可必”的名人名言和“人无远虑，必有近忧”的家常教诲，以及“大处着眼，小处着手”的办事法则都有力地说明了这一点。

为什么要强化战略思维

首先，强化战略思维是我们党对各级领导干部的基本要求。在我党历史上，毛泽东、邓小平等老一辈革命家运筹帷幄，纵横捭阖，都是举世公认的战略家，也是在党内倡导战略思维的先行者。近年来，面对执政条件和社会环境的深刻变化，我们党更是反复强调领导干部的战略思维问题。“战略”一词在党的十八大报告中共出现 33 次，其中包括重要战略机遇期、战略制高点、战略基点等概念词汇。习近平总书记反复强调领导干部要有战略思维和战略眼光。党的十八届中央政治局第三次集体学习时习近平强调，要加强战略思维，增强战略定力，更好统筹国内国际两个大局。2012 年 9 月 10 日，习近平总书记在中央党校秋季学期开学典礼再次强调，广大干部一定要注重在养成辩证思维、战略思维、全局思维、创新思维能力上下工夫。公安机关的各级领导干部只有具备世界眼光和战略思维，胸怀大局，思路开阔，视野广阔，才能符合党和政府对我们的基本要求，成为合格的社会主义和谐社会的建设者、捍卫者。

其次，战略思维是抓全局、做决策、促落实的基本思维方式。战略高于战术、统率战术，战略错了，一切皆错，这就是“一着不慎，全盘皆输”的道理，因此战略问题对我们来讲是一个举足轻重的问题，战略思维应该成为我们考虑公安工作时的首要思维方式，否则，只就局部论局部，挂一漏万，顾此失彼，或只顾眼前、不顾长远，那就是“只见树木，不见森林”的形而上学思维了。近几年有一句非常流行的话叫“细节决定成败”，此言本不虞，但是作为一个公安机关的领导者，如果每天陷于针头线脑、婆婆妈妈，甚至糊里糊涂的具体事务中，不从大局和长远考虑社会治安问题，只将精力集中于文山会海，只将上级部署落实于账本表册，这样的执行力度越大、细节越完美，距离公安机关的角色定位和职责要求反而越远。管理学上有一个“鸡毛蒜皮定律”，意思是说越是无关紧要的问题往往浪费越多的时间和精力。陈云同志也曾说过，过去旧商人中，有一种头戴瓜皮帽手拿水烟袋的，他们专门考虑战略性问题……我们也应该有踱方步专门考虑战略性问题的人。当前在各级公安机关中，各级领导首先应该承担起这样的任务。

最后，战略思维是各级公安机关认清形势、明确责任、履行职责的基本前提。战略问题是普遍存在的，当前，全面建成小康社会、全面深化改革、全面依法治国、全面从严治党的战略布局是新的历史条件下党和国家各项工作的战略目标和战略举措，是我们党在新形势下治国理政的总方略，是事关党和国家长远发展的总战略，为实现“两个一百年”奋斗目标、实现中华民族伟大复兴的中国梦提供了重要保障。公安机关服务于这一战略的策略就是要着力坚持围绕中心、服务大局，全力维护和促进社会和谐稳定，为全面推进依法治国作出新贡献，这一策略同时又是公安机关自身的重大战略；就我省而言，陕西正站在跨越发展、蓄势腾飞的新起点上，建设富裕陕西、和谐陕西、美丽陕西，是全省人民的共同期盼和为中国梦增添浓墨重彩的陕西华章。全省公安机关服务于这一战略的策略就是要继续推动“平安陕西”建设，始终保持社会和谐稳定，确保人民安居乐业，这一策略对于全省公安机关内部来讲同样也是一个战略。同样，每个单位内部也有自己抓工作、谋发展的战略目标和战略部署。对于全体公安民警尤其是各级领导干部来说，战略思维具有双重意义：一方面是认清形势，明确任务，使自身工作自觉服从、服务于大战略，服从、服务于创建和谐、维护平安、建设“三个陕西”建设的整体工作，为全局性战略任务的完成做出自己应有的贡献；另一方面是以战略思维驾驭自身工作的全局，明晰思路，抓住重点，妥善处理内部各种矛盾与关系，努力实现陕西公安工作“西部一流、全国先进”的奋斗目标。

如何强化战略思维

战略思维是每个领导者必须具备的基本能力。当前公安机关的领导干部培养战略思维能力，应注意从强化四个方面入手。

其一，抢抓机遇。机遇是对特定事物的发展而言并非必定出现，但一经出现就可能改变事物现存状态的事件和条件，现代科学和实践都证明，机遇在事物发展中有着重要的作用，机遇不仅影响到事物发展速度，而且影响到事物在可能性空间中的发展方向和结局。战略思维与机遇意识密不可分，抓住了机遇，战略思维就能成为现实，抓不住机遇，再好的发展战略都无法实现。战略思维是主动性极强的思维，它不仅要正确反映事物的本质，更重要的是它力求驾驭事物发展的态势。当前，我省公安工作保持着良好的发展势头，但是也面对很多压力，既面临着前所未有的发展机遇，又面对前所未有的挑战。强调机遇意识就是要求各级领导要学会“审天下之势”，能够认识机遇、把握机遇，并能有效控制机遇，变压力为动力，充分依靠党委政府的支持，充分调动一切可以调动的积极因素，实现公安工作的跨越式发展。

其二，追赶超越。领导干部提高战略思维能力，不是为了独善其身，而是为了解决工作中的实际问题，切实推动工作。目前在公安机关个别领导干部的头脑中，还有比较重的故步自封、不思进取的保守意识和狭隘的经验主义、地方主义思想，看不清自身工作与别的部门、别的警种、别的先进省份公安工作之间的差距，因此也就没有了“敢为天下先”的动力和魄力。近年来，厅党委以高度的战略眼光审时度势，提出我省公安工作要实现“西部一流、全国先进”的奋斗目标，就是对我省公安工作发展方向的战略决策。实践证明，省厅党委提出的这一战略目标，是完全正确的和切实可行的，是完全符合我省公安工作实际、经得起历史检验的。当前，公安机关的各级领导干部要以追赶超越为标尺，强化竞争意识，树立在竞争中求生存、求发展的思想，打破四平八稳、按部就班的发展模式，围绕全面深化公安改革和攻坚推进四项建设，胸怀大局，放眼长远，廓清思路，奋发有为，确保战略目标的实现。

其三，力求实效。实效是考量工作的唯一尺度，是战略思维的最终价值追求。战略研究者将有效战略的特征总结为“SMART（巧妙的、聪明的）”，这里S代表“明确的”（Specific），M代表“可衡量的”（Measurable），A代表“可操作的”（Attainable），R代表“有意义的”（Relevant），T代表“有时间的”（Time－bound）。可见，真正的战略思维应当符合目标明确、结合实际、切实可行、意义重大、可以调整等特点。公安机关的领导干部强化实效意识，就是要抓住根本，立足实际，把我们的着眼点首先放在维护社会和谐稳定的目标上来，放在实现“两个最大限度”上来，力争平安创建的效果再好一些，人民群众的安全感和对公安工作的满意率再高一些。我省社会治安大局持续稳定，呈现出破案率上升、发案率下降的良好局面，这就是我们追求的实效。但也有个别地方在工作思路上不是追求实效，而是舍本逐末，把精力放在搞形式主义、摆花架子、玩数字游戏上来，这是战略上的根本错误，这样做只会离我们的战略目标越来越远。

其四，责任担当。责任意识是战略思维的基础和前提，没有责任意识的人是不会去为了工作动脑子、想办法的，更是不会有战略思维的。责任意识是一种高尚的政治品格，其实质就是我们常说的责任心、事业心和使命感，是对自己承担的工作所持有的态度和关注的程度。有责任感的人，总是把群众的利益、党和国家的利益看得很重，有极强的尽责任、尽义务的自觉性和主动性。有一句话说得好：“天地生人，有一人当有一人之业；人生在世，生一日当尽一日之勤。”作为公安机关的领导，面对中华民族伟大复兴、陕西追赶超越的历史浪潮，必须切实增强政治责任感、历史使命感和工作紧迫感，认真履行职责，不负人民重托。如果每天头脑空荡荡，肩头轻飘飘，麻木不仁，无所事事，只求工作过得去，不求工作过得硬，不仅会给自己个人留下遗憾，更会给我们的事业带来严重影响。

公安机关的战略思维要体现在维护社会稳定的实践上

实践的观点是马克思主义哲学的首要的和基本的观点，也是马克思主义哲学的一个最显著的特点。空谈误国，实干兴邦。真正的战略思维绝不是说空话、唱高调，绝不是天马行空和空中楼阁，而是和实践紧密结合、互相促进的。保稳定促发展创和谐是当前公安机关最大的战略，我们的战略思维就要体现在维护社会稳定的具体实践中，具体地说，要体现在三件大事上。

首先，要以战略思维全力维护稳定服务发展，这是公安工作的根本任务。以战略思维维护和促进社会稳定，要求我们必须树立政治意识、大局意识、核心意识、看齐意识，保持政治警觉和政治清醒，以更加强烈的责任担当和奋发有为的精神状态扎扎实实抓好各项公安工作的落实，扎实推进社会治安综合治理创新，加快建设立体化、信息化社会防控体系。依法严厉打击严重刑事犯罪活动，保一方平安促一方发展。要深刻体察人民群众对社会管理和服务提出的新要求，进一步加强和改进社会管理和服务工作，方便人民群众工作生活，促进经济社会发展。

其次，要以战略思维抓强队伍建设，这是公安工作的根本保证。新形势下，公安队伍肩负的任务更重，人民群众的要求更高，必须按照政治过硬、业务过硬、责任过硬、纪律过硬、作风过硬的要求，锐意改革创新，努力建设一支信念坚定、执法为民、敢于担当、清正廉洁的公安队伍。这就要求各级公安机关的领导同志一定要把队伍建设作为全部公安工作的战略重点，时刻绷紧抓队伍建设这根弦，在具体抓队伍建设时也必须思路清晰，重点突出，体现战略思维，具体地说要做到“四抓”：一抓政治建警不动摇，铸造忠诚警魂；二抓领导班子建设不放松，打造过硬班子；三抓加强正规化、专业化、职业化建设不停步，实现依法治警、科学建警；四抓教育训练不松懈，不断提高公安队伍的整体素质和战斗力。

最后，要以战略思维推动公安改革，这是当前公安机关的根本大计。党的十八届三中全会提出了全面深化改革的指导思想、目标任务、重大原则，描绘了全面深化改革的新蓝图、新愿景、新目标，其中中央关于全面深化公安改革“1+3”意见的方案已经逐步得到贯彻落实，推动公安改革取得了阶段性明显成效，一些重大改革政策落地开花结果，广大人民群众和基层民警有了更多获得感。同时，也要清醒地看到，改革的任务依然艰巨繁重，要做好这样一项“横向到边、纵向到底”的庞大工程必须要有战略思维，绝不能没有计划打算，只顾抬头看天：上级强调了就抓一下，上级不强调了就放下，更不能稀里糊涂、浑浑噩噩、“脚踏西瓜皮，溜到哪里算哪里”。目前，公安改革逐步深入到“深水区”，遇到了更多的“硬骨头”，必须继续坚持一手抓已出台改革政策的推进落实，一手抓改革政策方案的研究出台，保持改革劲头不松、改革步伐不减，确定明确的战略目标和战略规划，着力加强工作中存在的薄弱环节，着力解决工作中存在的难题，扎扎实实地把公安改革推向深入，确保改革取得实实在在的成效。

试谈公安政治工作的几个基本问题

中国共产党的政治工作是马克思主义中国化的重要成果之一，公安政治工作是党的政治工作的重要组成部分，是公安机关正确履行职责的根本保证。多年以来，随着公安政治工作的实践不断发展、理论不断丰富，相关的概念和提法也层出不穷，这充分体现了公安政治工作的丰硕成果和巨大成就，但另外也使一些同志，甚至政工民警产生认识上的混淆，导致手段与目的、枝节和根本、形式和实质不分，例如，有的民警分不清公安队伍建设和队伍正规化建设、队伍作风建设之间的区别，理不清公安思想政治工作、公安思想政治教育与公安政治工作之间的关系，影响了公安政治工作的实际效果。本文拟借用大家耳熟能详的中国传统哲学概念“道、法、术、势”，以国人固有的思维模式和认知方式对公安政治工作进行框架性分析，以达到知其性质、明其大略、消除模糊认识的目的。

一、唯道是从：公安政治工作的基本定位

中国传统哲学认为，道是宇宙间最伟大、最崇高、最圆

满、最永久的价值，所谓道者，万物之奥，善人之宝（《道德经》）；同时把“道”规定为支配天地、化生万物的最高实体，“道者，万物之始、是非之纪也”（《韩非子·主道》），即道是世界的本源、万物的本体，宇宙万物皆由道所生，以道为源。因此，公安政治工作也应自觉“法道”“体道”“同于道”，与道合一、循道而行。

政治工作是党的工作，党的指导思想当然也是政治工作的指导思想。公安政治工作的全部实践过程，就是运用马克思列宁主义、中国特色社会主义理论体系教育和组织广大民警为实现党的纲领、路线而奋斗的过程，它伴着人民保卫工作的创立而创立，随着公安工作的发展而发展，既取得了令人瞩目的成绩，也形成了科学系统的理论。概括来说，作为公安政治工作的“道”，包括马克思主义辩证唯物主义、历史唯物主义，马克思主义关于无产阶级革命、无产阶级专政和无产阶级政党的学说，也包括毛泽东等老一辈无产阶级革命家对公安政治工作的基本设计，包括邓小平、江泽民、胡锦涛、习近平等党和国家领导人对公安政治工作的指导指示，包括公安政治工作实践反复检验所凝结和积累的成功经验，内容十分丰富。这些是作为公安政治工作的“物之所然、理之所稽”，是公安政治工作存在的必然性和遵循的总规律，背离了这些，便是“离经叛道”的“大逆不道”。

（一）以性质言之，公安政治工作是党的工作，是党在公安队伍中的思想工作和组织工作。中国共产党为了对社会主义事业实施有效的全面领导，在社会各组织及群众中普遍开展政治工作，这是党动员群众、组织群众，为实现党的纲领、路线而奋斗的伟大社会实践活动，在企业中的政治工作称为企业政治工作，在农村的政治工作称为农村政治工作，在军队的政治工作称为军队政治工作，在公安机关的政治工作就是公安政治工作。需要指出的是，由于我党的政治工作部门是吸收列宁创建红军的经验，结合中国革命实际，首先在军队中建立起来的，民主革命时期党的主要斗争形式是武装斗争，在各革命根据地主要施行战时行政体制，所以，“军队”的建立和发展在某种程度上也附带有其他社会组织的功能。例如，1929 年的古田会议上，毛泽东同志指出，没有建立政权机关的地方，红军政治部即代替当地的政权机关。同时，战时行政体制下，其他社会组织包括萌芽和发展阶段的公安政治工作也不可避免受到军队政治工作的影响。1940 年谭政在《论革命军队的政治工作》中指出，中国红军是在中国共产党领导下的武装，所以红军的政治工作实质上就是党的工作，因此，党的组织就成了政治工作的支柱，而党的政治工作的内容就作为政治工作的灵魂而出现。这一论述对于公安政治工作同样适用。从目的来看，公安政治工作是为了加强党对公安机关和公安工作的领导，为实现党的意志、要求和任务而服务的。从组织领导来看，公安政治工作是在党的领导下，由各级公安机关党的工作机关及其干部组织实施的。从内容来看，公安政治工作主要是党在公安机关的思想工作和组织工作。在思想上，运用党的基本理论、基本路线、基本纲领武装民警头脑，教育民警树立正确的世界观、人生观、价值观；在组织上，建立健全各级公安机关党的组织，贯彻党的政治路线、组织路线、干部政策，确保刀把子始终掌握在忠于党、忠于国家、忠于人民、忠于法律的人手中。

（二）以地位言之，公安政治工作是公安工作的生命线。“生命线”是一个借用语，一般是指保证事物生存和发展的最根本的因素。早在1934年2月中国工农红军第一次全国政治工作会议上，周恩来、朱德同志就提出政治工作是红军的生命线的论断，新中国成立后毛泽东同志进一步指出政治工作是一切经济工作的生命线，这一科学论断符合马克思主义关于政治与经济、物质与精神的基本原理，是我党的一贯认识和科学表述。公安机关作为具有武装性质的人民民主专政的重要工具，作为国家的治安行政机关和刑事执法机关，具有鲜明政治属性，必须毫不动摇地坚持政治工作的生命线地位，克服漠视、轻视，甚至忽视公安政治工作的错误观念，切实加强和改进公安政治工作，当然也不能无限拔高，搞“政治挂帅”那一套。“生命线”的表述是一种形象性说法，公安政治工作的地位作用还可以具体表述为“服务和保证”作用，即政治工作要始终服务于党和公安工作的中心任务、中心工作，保证党关于公安工作的路线方针政策得到贯彻和执行，使公安队伍始终确保政治方向，确保有效履职，确保高昂士气，确保良好形象，这“四个确保”是“服务和保证”作用的具体展开，为推动公安事业科学发展提供强大的思想组织保证、人才智力支持和精神文化动力。

（三）以根本任务言之，公安政治工作要确保党对公安工作的绝对领导。所谓根本任务就是根源性的最本质的任务，根本任务统领和制约其他任务。坚持共产党的领导，是马克思主义的一个根本原则，也是中国特色社会主义事业胜利的根本保证。政治工作必须把保证党的领导作为自己的根本任务，背离了这个根本任务，公安政治工作就失去了存在的价值。公安工作的性质和任务决定了必须坚持党的绝对领导。毛泽东同志曾经把公安机关形象地比喻为“无产阶级手里的一把刀子”，并且说，掌握得好，就能够打击敌人、保护人民，掌握得不好，就容易伤害自己。周恩来同志也曾说过“国家安危、公安系于一半”。在2014年年初的中央政法工作会议上，习近平总书记再次强调“确保刀把子牢牢掌握在党和人民手中”。“党的绝对领导”，是指党对公安机关必须实行全面的、直接的和无条件的领导。许多著作将“确保党的绝对领导”作为政治工作的一条基本原则，笔者认为，政治工作本身即为党的工作，确保党的领导是设立政治工作的目的所在，而非政治工作运行所必须遵循的规则。党的领导是指党对人民群众的教育、引导和带领，主要是政治、思想和组织领导。实现党对公安工作的绝对领导就必须加强公安政治工作。通过政治工作强化党的政治领导，就是要使全体民警在政治上同党中央保持高度一致，并把党的路线、方针、政策变成自己的自觉行动，从而保证公安工作沿着党所指引的方向前进。通过政治工作强化党的组织领导，就是要加强各级公安机关党的组织建设，充分发挥其政治核心作用和战斗堡垒作用。正确执行党的干部路线和干部政策，建设一支正规化、职业化、专业化水平的公安队伍，从而保证党对公安机关的政治领导和思想领导。通过政治工作强化党的思想领导，就是要通过多种形式的思想教育和理论灌输，不断加强民警的理想信念、思想水平和道德观念，为强化政治领导和组织领导提供前提和基础。

（四）以组织制度言之，公安机关的政治工作部门是党的工作机关，是党的工作的办事机构。公安机关的政治部门（包括政治部、政治处、政工办等）是在党委领导下从事政治工作的机构，是进行思想工作和组织工作的职能部门，是各级公安机关中政治工作的领导机关，它在同级党组织的领导下和上级公安机关政治工作机关的指导下，从事自己职责范围内的政治工作。抗日战争期间，为加强公安保卫部门的思想工作和组织工作，在抗日根据地政权机关的保安处、公安局这些人民公安的前身中设立了政治工作机关，例如陕甘宁边区保安处设立了政治处，晋察冀边区公安局设立了教育科，这是最早的公安政治工作专门机关。新中国成立初期，在公安部门首先建立了人事工作机构，1952 年 11 月第五次全国公安工作会议做出了《关于建设公安部门政治工作的决议》，在各级公安机关建立了政治工作部门。其中规定，政治工作机关是各级党委和各级公安行政首长，在各级公安机关内部，实现党的工作、政治工作和思想领导的直接助手。可见，政工部门是党的工作部门，是确保党对公安工作绝对领导的工作部门，党的事务由政工部门承办，公安机关各级政治部门的负责人，一般是党委日常工作的主持者。加强公安政治工作首先应该纠正和批评那些削弱甚至取消政工部门的言行，大力支持、帮助政治机关的工作，维护政工部门的威信，为切实加强公安政治工作创造良好的条件和环境。

二、以法为本：公安政治工作的基本原则

中国传统法家所谓的“法”，是指要求臣民共同遵守的行为规则和制度，法家认为，法作为标准性强制性规范，是“为治之本”“齐民之动”“一民之轨”，也就是观察问题、处理问题的原则、准则。公安政治工作的“法”就是由其性质任务决定的、反映其本质规律、开展公安政治工作必须始终遵循的行动准则，是基本原则。明确公安政治工作的基本原则，是正确开展公安政治工作的重要前提。

（一）必须坚持人民公安的性质和宗旨。马克思主义认为，警察的产生是与国家的产生联系在一起的，是国家产生的历史实践的一部分，是国家机器的一部分，具有鲜明的政治属性。我国的公安机关前面加上“人民”二字，直观地体现了国家性、阶级性、党性和人民性的高度统一，党全心全意为人民服务的根本宗旨，自然也是人民公安的根本宗旨，《中华人

民共和国人民警察法》总则第三条规定："人民警察必须依靠人民的支持，保持同人民的密切联系，倾听人民的意见和建议，接受人民的监督，维护人民的利益，全心全意为人民服务。"就是将"人民公安为人民"的宗旨法律化。人民公安的性质和宗旨问题是公安队伍建设的根本问题，也决定着公安政治工作的基本方向和任务。

（二）必须坚持与公安业务工作紧密结合、紧紧围绕公安中心工作来展开。所谓"结合"，就是凝结在一起，即联系、渗透、统一。公安政治工作要紧密联系公安工作，渗透到公安工作中去，实现公安政治工作和业务工作的统一，在联系、渗透和统一中充分发挥政治工作的服务保证作用。这一原则既是上层建筑与经济基础的辩证关系决定的，也是由政治工作基本职能决定的，还是被我党的经验教训检验了的。曾经有一段时间政治工作被抬高到了不适当的位置，搞所谓政治大于一切、先于一切、高于一切的空头政治，使政治工作严重脱离实际、脱离群众，严重损害了政治工作的威信甚至党的威信，其危害直到"文化大革命"之后才得以消除。可见全党重新认识政治工作要结合其他业务工作一道去做，是付出了"学费"和代价的，对这一认识务必要珍视和坚持。多年来正反两方面的经验都证明，公安政治工作与公安业务工作相辅相成，缺一不可，公安政治工作只有结合业务工作一道去做，才会更有成效、更有生命力。离开了这一条，政治工作就失去了依托，就不能落实，业务部门就不欢迎，民警也会反感。

（三）必须坚持实事求是和群众路线的作风和方法。列宁说过，马克思主义是以事实，而不是以可能性为依据的。马克思主义者只能以经过严格证明和确凿证明的事实作为自己政策的前提。实事求是是毛泽东思想的精髓，是中国特色社会主义理论体系的哲学基础，是党的根本作风，也是党的政治工作的根本作风。实事求是的作风要求我们深入开展调查研究反对官僚主义和先入为主，要求我们按规律办事反对唯意志论和主观主义，要求我们坚持求真务实反对形式主义和表面文章，切实保证政治工作的科学性，提高政治工作的有效性。同时，党在长期的革命斗争实践中把马克思主义关于相信群众、依靠群众、发动群众进行革命斗争的基本思想，系统地运用到党的全部活动中，形成了具有我党特色和风格的群众路线，这也是公安政治工作必须始终坚持的根本路线。公安政治工作的过程，是一个主体与客体互动并共同发挥作用的过程，政治工作目标的实现，要通过工作对象表现出来；政治工作的方法、手段，要作用于工作对象并为之接受方为有效。所以，我们必须坚持实事求是和群众路线的作风和方法，实事求是地确立公安政治工作的目标、设置工作的内容和开展各项工作，坚持从群众中来、到群众中去，相信并依靠广大民警开展工作，把队伍和民警的实际状况作为公安政治工作的出发点，把民警的所思所盼作为重要着眼点和落脚点，切实增强公安政治工作的主动性、针对性和实效性。

（四）必须坚持以人为本、最大限度调动民警的积极性。

"坚持以人为本"的原则自中国共产党十六届三中全会《中共中央关于完善社会主义市场经济体制若干问题的决定》确立以后，党的十七大、十八大均作了更加深入的阐述和强调。以人为本，是科学发展观的核心，也是公安政治工作的重要原则。天地万物，唯人为贵，马克思主义认为，理论一经掌握群众，就会变成巨大的物质力量。人是生产力诸要素中最活跃的因素，民警是公安工作最核心的战斗力来源。只有充分激发民警的活跃因素，最大限度调动民警的积极性、创造性，才可能把公安事业不断推向前进，才可能确保公安工作始终保持正确的方向。第一，要用科学理论武装民警。马克思主义科学理论是做好一切工作的科学的世界观和方法论，是保持革命信念和革命人生观、价值观的最坚固的理论基石，必须深入持久地开展教育，不断增强民警执行党的路线方针政策的自觉性和坚决性。第二，要注意抓好思想教育，引导民警树立科学的世界观、人生观、价值观，培养人民警察忠诚、为民、公正、廉洁的核心价值观，用崇高的革命理想和道德情操调动民警的积极性。第三，警察个体的合理需求应得到保障和满足。邓小平同志说过，革命是在物质利益的基础上产生的，如果只讲牺牲精神，不讲物质利益，那就是唯心主义。要注意尊重民警主体地位，保护民警合法权益包括物质利益，促进民警的全面发展。第四，"以人为本"的原则还意味着要着力构建公平的竞争条件。要用好的制度选好的人，使好民警、好干部可以脱颖而出，担当更大责任，营造充满正能量的和谐警营，把广大民警中蕴含的巨大的积极性、创造性充分挖掘、调动起来。

三、施行有术：公安政治工作的方式方法

《说文解字》载，术，邑中道也，本义为城邑中的道路，后演化为方法、策略（Method；Tactics）。中国传统法家思想以法为标准，以术为方法，所以韩非子说人主之大物，非法则术也（《韩非子·难三》）。方法是人类认识和改造世界的方式、手段和门路，毛泽东同志曾用"过河"与"桥或船"的关系问题，来说明方法的重要："我们的任务是过河，但是没有桥或没有船就不能过。不解决桥或船的问题，过河就是一句空话。不解决方法问题，任务也只是瞎说一顿。"但是有些地方在公安政治工作实践中，往往是从大道理到大道理，从原则到原则，"为什么"和重要性讲得很深很透，但很少去讲实践的具体方法，"如何办"和操作性讲得很泛很原则，导致公安政治工作的效果大打折扣。

有研究者提出按应用范围的大小划分，政治工作方法可分为哲学方法、基本方法和具体方法等不同的层次，也有很多著作深入研究了思想政治工作的方法。但对于政治工作实践者而言，各类研究中总结出来的基本工作方法仍显得较为抽象，在某种程度上更像是原则性要求而非操作性方法，同时具体方法也存在着提法多样、概念重叠的问题。本文拟结合公安政治工作实际，从五个层次对公安政治工作的方法进行分析。

第一个层次，在哲学层面上，辩证唯物主义是公安政治工作最高层次的方法。哲学方法是自然科学、社会科学和思维科学普遍适用的最一般方法，是理论化、系统化的世界观。世界上存在着两种对立的哲学方法论：辩证唯物主义方法论和唯心主义形而上学方法论。其中形而上学就是用孤立的、静止的和片面的观点去看世界。辩证唯物主义正确反映了世界的本质及其规律，是无产阶级的世界观、方法论，是无产阶级政党的战略和策略的理论基础。习近平同志在中央政治局第十一次集体学习时指出，马克思主义哲学深刻揭示了客观世界特别是人类社会发展的一般规律，在当今时代依然有着强大的生命力，依然是指导共产党人前进的强大思想武器。各级公安机关的领导在思考公安队伍建设、开展公安政治工作时，都应坚持从实际出发，客观地、历史地、全面地看问题，具体情况具体分析，根据主客观条件，制订切实可行的计划，坚决克服主观主义、经验主义、教条主义和形式主义，坚持能动地加强公安政治工作、提升公安队伍建设水平。

第二个层次，在宏观层面上，“四个结合”的通用方法适用于公安政治工作的整体和各个方面。长期以来，公安政治工作者们在党的纲领路线和政治工作规律指导下，基于实事求是、群众路线的根本方法，积累了许多被实践证明形之有效的基本方法，这是公安政治工作实践经验的科学总结，体现了公安政治工作的优良传统，历来在公安政治工作中发挥着重要作用。具体可表述为“四个结合”：一是一般号召与个别指导相结合的方法，即：一方面要在面上将党的路线方针政策和关于公安工作的指示向各级公安机关和广大民警进行宣传、动员；另一方面要深入到点上，到部分单位或部门实施手把手的具体指导，收集问题和意见，发现典型和先进，并运用点上的典型经验去推动面上的工作。二是领导骨干与广大群众相结合的方法。这一方法的理论依据是马克思主义关于“人民群众是历史的创造者”和“政治路线确定之后干部就是决定的因素”的原理，在实践上则是党的群众路线在方法上的运用。这一方法既要求我们建设好一支以政工干部为主体的高素质公安政治工作队伍；另一方面要注意集中群众正确意见，充分调动广大民警的积极性，搞好群众自己教育自己。三是抓住中心与兼顾其他相结合的方法。公安政治工作首先要“讲政治”，紧紧围绕党、国家和单位的中心工作和任务而开展，这是其最本质的要求。就公安政治工作自身来讲，也有其一段时间的中心和重点。在抓中心工作的同时，还要注意统筹兼顾、“弹好钢琴”，并及时根据工作中心的转移和转化，例如公安改革的背景下，公安政治工作就要有针对性地做好动员发动和思想疏导，切实发挥好服务保证作用。四是发扬传统与改革创新相结合的方法。公安政治工作的基本方法因其科学性而具有稳定性，应该长期坚持运用。同时，在新的历史条件下，公安政治工作也面临许多新情况新问题，需要不断改革创新，需要不断探索新路子、总结新经验、创造新方法。例如积极运用现代信息化手段，积极引入相关学科原理和方法，不断丰富公安政治工作的方法、手段和途径。

第三个层次，在政治工作的主要内容上，各项具体公安政治工作各有其基本方法。公安政治工作的内容十分丰富，而且在“思想工作”和“组织工作”这两个元命题下，根据形势任务和要求的变化不断发展完善，合理借鉴我国港台警察、国外警察以及我国军队和其他部门政治工作经验，内容不断丰富、方法不断创新。思想工作主要是指党在公安机关中进行的系统的思想政治教育工作和经常性思想工作，在这个元命题下，为了更好地宣传、动员、教育民警，以传统的公安思想政治工作为主体，形成了公安思想政治工作、公安新闻宣传工作、公安文化工作、公安群众工作（警察公共关系建设或和谐警民关系建设）等具体政治工作。组织工作主要指党在公安机关进行的党团组织建设和干部工作，在这个元命题下，为了使公安队伍更具系统性、功能性和战斗性，政治工作不仅要把全体民警整合起来，形成设置科学、指挥有力的“公安队伍”这样一个组织群体，还要对已经组织起来的公安队伍进行建设，使之成为能够坚决贯彻党的路线、纲领和政策的坚强集体，于是逐渐形成了公安机关领导班子建设、党的基层组织建设、直属机关党的建设、党员队伍建设、民警职业能力建设等不同层级的具体工作内容。要实施这些政治工作的具体内容，也需要解决“船”和“桥”的问题，因此也都有各自的工作开展方法问题，例如公安思想政治工作中的说理指导法、实践锻炼法、对比分析法、批评促进法、因人施教法、自我教育法、心理调节法等，警察公共关系建设中的“警察开放日”、爱民活动月、警民共建等方法，领导班子建设中的考核方法、选举方法、竞争方法、测评方法等。这些都是开展这些公安政治工作具体工作的一些基本方法。

第四个层次，在执行方略层面上，公安政治工作部门形成了抓工作的一些基本套路。对于公安政工部门特别是市县级政工部门来说，如何把党委的要求落到实处，要重点解决什么问题、采取哪些措施、分成几个步骤等，就需要有清晰的思路和基本的套路。一是深入调研，科学决策。习近平总书记强调指出，调查研究是谋事之基、成事之道。没有调查，就没有发言权，更没有决策权。实际情况就来自于深入全面的调查研究。例如采取蹲点、跑面、解剖麻雀、开调查会等方法掌握本地区单位民警的思想基础、认识能力、思维方式、生活条件和思想观念，找准上级要求和本单位实际的结合点，找准努力方向和民警思想的交汇点，找准推行工作的着力点，切实由经验决策转向科学决策，确保决策的正确性和高效性。二是先行试点，实践检验。有的政治工作由于推行起来影响大、难度大，就应该在一定范围内选择有代表性的单位先行试点，把试点单位当成印证理想谋划的试验田，实验过程中不要带着过多先入为主的条条框框，力求取得真正经过实践检验的经验，然后对照检查原有的工作方案，实事求是地开展纠正和修补，再推广到更大范围去实施。三是抓住两头，带动中间。重视发现政治工作推行有力、效果明显、具有示范意义的先进单位和先进个人，对其先进做法总结后进行宣扬，也要重视发现工作落后、推动乏力的“后进”，重点帮助，摆脱困局。通过“抓两头”，营造学先进、赶先进、超先进的氛围，达到带动全体工作的目的。四是掌握进度，稳步推进。政治工作在面上铺开后，政工部门要采取领导人检查、派工作组蹲点、召开现场会等方式，随时了解和掌握进度和情况，协调和处理工作推行中发现的问题和矛盾，做到心中有数，随时实施正确有力的指导，确保政治工作取得预期的效果。五是总结评估，研究提升。某项工作或一个阶段的工作基本完成以后，应对工作的效益进行认真全面的总结分析，但要注意避免以文字材料的多少定优劣，以免助长文牍主义和形式主义；也要避免过多使用“一票否决”，以免消解基层公安政工部门的创新意识、担当精神，助长只求稳妥保平安的消极思想。

第五个层次，从微观操作层面来看，公安政治工作方法鲜活生动、与时俱进。公安政治工作是一个理论性和实践性都很强的工作，在丰富多彩而又跌宕起伏的公安工作实践中，各级公安政工部门和广大公安政工干部坚持因地制宜、因时制宜、因人而异，以情感人、以理服人、以事业激励人，坚持“一把钥匙开一把锁”，创造了大量行之有效的政治工作经验和方法，例如与民警谈心交流的方法就有启发法、疏导法、感化法、对比法、现身说法等，批评教育民警的方法有触动式批评、渐进式批评、直接式批评、商讨式批评。在此基础上，由于公安政治工作是一项全方位、多因素、动态复杂多变的系统工程，公安政工干部也主动吸纳不同学科的理论，在微观具体操作层面形成了政治工作方法创新的三个明显趋势：一个是现代化的趋势，即把政治学、社会学、伦理学、教育学、管理学、美学、信息科学等现代理论和概念，经过消化、改造吸收到公安政治工作中来，例如江苏南通海门市局以警务效能积分管理模式助推实战警队建设，内蒙古通辽市局创新队伍管理机制构建“警务共同体”提升民族地区公安队伍整体能力等；二是传统化趋势，即挖掘中国传统文化中有益元素推动公安队伍建设，如山东聊城市公安局以弘扬传统文化为手段打造过硬公安队伍；三是行为科学化趋势，行为科学研究人的行为或人类集合体的行为，而且它结合人的主观世界来研究行为规律，广泛接受传统心理学上用来描述人们主观世界的观念，如需要动机、性格、爱好、心理机制等，这与政治工作的许多领域十分契合，因此在公安政治工作实践中有了许多应用，例如河南焦作市公安局深入推进警察职业仪式建设等做法。

四、“势”在必行：进一步加强公安政治工作的方向和路径

综上所述，本文所阐述的公安政治工作的“道”可以认为是其本体论，“法”的部分反映了公安政治工作的价值取向，类似于其价值论，“术”是公安政治工作的方法论，“势”则可借以指公安政治工作面临的形势任务。势，字面意象是圆球处于土墩的斜面即将滚落的情形。《孙子兵法》所说转圆石

于千仞之山者，势也，就是其字面意象的放大。老子说：“道生之，德畜之，物形之，势成之。”（《道德经》五十一章）公安政治工作自创立以来，在革命、建设和改革的每一个历史时期，都为加强公安队伍建设、维护国家安全和社会稳定发挥了巨大的不可替代的作用，但在新形势下，公安政治工作也面临着许多新的困惑和问题，例如许多同志观察到的民警思想状况的变化、队伍结构的变化、社会环境的变化等问题。“求之于势，不责于人”，面对新形势、新任务对公安工作和公安队伍建设提出的新要求、新挑战，归因为民警思想素质的下降和推诿成社会风气对公安队伍的冲击都非明智之举，因势利导、进一步强化公安政治工作才是势在必行、大势所趋。

（一）切实明确公安政治工作的根本性。受多重因素影响，有的公安机关对公安政治工作的生命线地位认识不够，轻视甚至忽视公安政治工作，认为这项工作完全是虚无缥缈的、可有可无的，说起来重要，做起来次要，忙起来不要，公安政治工作在整体工作布局中有被逐渐边缘化的趋势，这是一个危险的苗头。习近平同志在全军政治工作会议上指出，革命的政治工作是革命军队的生命线，并且用“看家本领”“最大特色”“最大优势”等鲜明表述，明确了人民解放军政治工作的重要地位和重大作用，强调千万要深刻认识加强全军政治工作的极端重要性、极端必要性、极端紧迫性。“枪杆子”的政治工作如此，“刀把子”的政治工作同样如此。公安政治工作作为党在公安机关的工作，具有鲜明的党性、政治性，是管立场、管方向、管根本的大事，来不得丝毫含糊、容不得半点淡漠。习近平同志在中央政法工作会议上提出要“努力建设一支信念坚定、执法为民、敢于担当、清正廉洁的政法队伍”，孟建柱同志为2014年9月全国公安厅局长会议的批示中提出“努力建设一支政治坚定、业务精良、作风过硬的公安队伍”。无论是理想信念问题、执法思想问题、业务能力问题还是工作作风问题，都只能通过公安政治工作来解决。“枝叶之枯，必在根本”，政治工作是一切工作的“生命线”，是对政治工作地位和作用的形象比喻和科学概括，意思就是说政治工作是永恒重要的，就像维持人的生命所需要的阳光、空气和水一样，须臾不可离开。一些单位之所以出现教育效果不够理想、干部队伍结构不够合理、内部关系不够协调、工作推动乏力甚至问题频发等问题，原因往往在于公安政治工作的弱化，导致政治工作的服务保障作用发挥不充分。因此对于公安政治工作，各级公安机关党组织和领导干部必须提高认识高度重视，带领政工部门政工干部积极作为，带动各部门警种齐抓共管，号召全体民警广泛参与，形成一个立意高远、协同作战、权威有效的政治工作新格局，真正把公安政治工作的“生命线”地位树立起来。

（二）更加突出公安政治工作的全局性。有的地方公安机关领导干部认为政治工作只是政工部门的工作，主要领导在推动公安政治工作发展上置身事外。“一把手”主动研究队伍建设、一班人合力抓队伍建设的动力不足。其实，这样的认识是错误的，党的公安政治工作具有完整科学的组织制度设计：第一，各级公安机关党委是本级政治工作的领导机关，党委书记也是政治工作干部。由于政治工作是党的工作，广义的政治工作干部包括党的各级领导人。当前各级公安机关党委中，党委书记一般和行政首长身份重合，由同一个人担任，也就是说，作为党委书记的行政首长是本级公安政治工作的第一责任人，本级党组织负有主体责任，绝对不应置身事外，漠不关心。第二，基层公安机关的政治委员、教导员、指导员等是主管公安政治工作的专职警官。政工干部和业务干部职级相同、职责各异，理论上不应该有高下主次之分，但不少地方把政委、教导员、指导员当作从副职提任局长（所队长）的跳板，或是用于照顾安置干部，“只要帽子，不要职责”，个别政工干部“身在曹营心在汉”，把主要心思和精力用于分管业务工作，致使政治工作“形有实无”，这些不正常现象应该得到及时、彻底的纠正。第三，党支部制度政治工作的一项基础性重要制度。公安机关党的支部是党员民警工作、战斗、生活的基本单位，是党在该公安机关中的领导核心和战斗堡垒，所有的支部都必须做好政治工作，都必须抓好本支部的组织建设、党员民警的干部队伍建设和思想政治建设。

（三）注重强化公安政治工作的系统性。系统泛指由一群有关联的个体组成，根据预先编排好的规则工作，能完成个别元件不能单独完成的工作的群体。当前政治工作作用发挥不理想的一个重要原因就是碎片化，一些政工干部只见自身具体政治工作这个“树木”，不见整体政治工作这个“森林”，在人事言人事，在训练言训练，在宣传言宣传，在表彰言表彰，各干各的，零敲碎打，互相既没有互动，也没有互促。公安政治工作可以分为教育工作和组织工作两个大的方面，可以分为组织、人事、宣传、教育、表彰奖励等具体部门，但它们共处于政治工作这一个整体之中，共同为实现政治工作的目标服务，不应该互相孤立、彼此隔绝。教育是有组织的教育，为组织提供精神条件，教育的效果影响和制约着组织的效果；组织中包含着教育，为教育提供物质条件，组织的效果也制约着教育的效果。因此，必须加强公安政治工作资源的整合利用，做实做精政治部门，克服政治工作部门化、碎片化倾向，努力构建大政工格局，统筹使用各种公安政治工作手段，实现组织人事、宣传思想、表彰奖励等部门协同作战、一体化运作，努力形成工作合力，实现公安政治工作的整体效果。

（四）不断提高公安政治工作的规范性。规范即在经济、技术、科学及管理等社会实践中，对重复性事物和概念，通过制定、发布和实施标准（规范、规程、制度等）达到统一，以获得最佳秩序和社会效益。当前公安政治工作面临的一个突出问题就是缺少统一的规范和标准，在上级表现为政出多门、各说一套，在下级表现为无所适从、就事论事，使本来十分严肃的政治工作显得有些“随意”。例如按照 2008 年公安部《关于县级公安机关机构设置的指导意见》，县级公安机关内设机构不超过 10 个，但由于部分警种分别就“成立专门机构”“保证人员数量”提出明确要求，为了避免“一票否决”，很多基层公安机关内设机构都超过了10个，有限的警力也无法实现科学排布。类似的情况在表彰奖励等工作中也有表现。法治是更高层次的规范，在全面建设法治社会的背景下，积极推动政治工作法治化是与时俱进、创新发展的客观趋势，是贯彻依法治国方略的具体举措。要坚持以法治思维和法治方式开展公安政治工作，加强公安政治工作的法规制度建设，加快出台《公安机关政治工作条令》，着力构建与《中华人民共和国人民警察法》《公安机关组织管理条例》等相一致，与已出台的《公安机关人民警察训练条令》《公安机关人民警察内务条令》等部门法规相配套的公安政治工作法规制度体系，切实纠正用经验习惯代替法规制度、领导讲话高于法规制度、个人意志超越法规制度的现象，切实维护法规制度的严肃性、权威性。要统一规范公安队伍管理的各个方面和环节，确保各项工作都能依法依规有序开展，促进公安政治工作向标准化、规范化、法治化方向迈进。

（五）逐步加强公安政治工作的理论性。理论是人们对事物深入的理性认识，代表了人们对事物理性认识的程度。政治工作是一门科学的观点已经深入人心，但毋庸讳言的是，相对于军队政治工作，公安政治工作的理论研究无论系统性还是丰富性都有较大差距，这在一定程度上制约了公安政治工作的实践，甚至可以说目前公安政治工作存在的问题都与理论支撑的不足有千丝万缕的联系，因此公安政治工作的理论研究问题应该引起足够重视。第一，应大力整合公安院校充足的研究力量。组织公安院校相关专业研究教学人员围绕公安政治工作的重大理论和实践问题，采取理论研讨、征文比赛等方式，整合全警研究力量开展深入集中的研究，尽早确立新形势下公安政治工作的理论框架，出台指导实践的理论性、针对性、可操作性俱佳的公安政治工作教材。第二，要大力引导全体民警，尤其是政工民警的自发研究。目前政工干部研究工作的积极性很高，文章数量也很大，但是调研类文章多、低层次重复的多、表面性的描述多，深层次思考和理论化提升的较少，需要加强方向性引导和科学性指导，共同提升公安政治工作的理论性。第三，要大力借鉴外警、军队和其他部门政治工作的已有成果。公安政治工作和外警队伍管理之间，和军队及其他部门政治工作之间，既有差异性，也有共同性，对于其已有的研究成果，我们要在开展比较研究的基础上，积极进行借鉴，努力为我所用，当然也要注意不能全盘照抄、机械套用。第四，要大力推动公安政治工作理论和具体实践的有机结合。要把理论上的探索与实际工作的改进结合起来，用理论探索的成果去指导实践，用实践经验去丰富理论。要进一步去除政治工作的非理性因素，不断强化政治工作的理性程度，更深入地揭示政治工作的特点和规律，并形成成熟的理论体系，指导政治工作的实践更加理性、科学、有效。